講談社文庫

りぽぐら！

西尾維新

講談社

いという制約のもとに書かれた作品。

e n t s

デザイン　坂野公一(welle design)

リポグラム[英lipogram](名詞)　特定の語または特定の文字を使わな

c　o　n　t

りぽぐら！

LV. 1

×

禁断ワード

グループ A

あ お き け ち
な に ぬ れ ろ

グループ B

こ し す せ ひ
ま ゆ ら る わ

グループ C

え く さ そ て
と ね み よ り

グループ D

た つ の ふ へ
ほ む め も や

○

フリーワード

い う か は を ん

ルール
The rule

① 最初に短編小説を
制限なく執筆。

② 五十音46字から、
任意の6字を選択。

③ 残った40字を、くじ引きで
10字ずつ、4グループに分ける。

④ その10字を使用しないで、
①の短編小説をグループごと
4パターン、執筆する！

⑤ 濁音・半濁音・拗音・促音は、
基本の音と同じ扱い。
音引きはその際の母音とする。

⑥ ②の6字は、
どのパターンでも使用可。

lipogra!

妹は人殺し!

■

妹が人を殺したらしい。

証拠はないが死体はある。いや、死体こそがもっとも信頼に足る、文字通りに『動かぬ証拠』であると言えるだろうが――その死体は妹のベッドの下から発見された。

小さな頃から、人目に触れさせたくないものは必ずと言っていいほどベッドの下に隠す奴だった――テストの答案であれ、割ってしまった花瓶《かびん》であれ、あいつは自分のベッドの下に隠していた。ベッドを買い換えても、そうしていた。ベッドが布団《ふとん》だったなら、宝船の絵のごとく、その下に敷いていたのではないかと思えるほどに。

もう高校生なのに、その癖はどうやら直っていなかったようで、まるであの有名な都市伝説のように、ベッドの下に、妹の同級生と思われる女子の死体は隠されていた。

もっとも、仮に妹がもう少し死体の隠し場所に頭を捻《ひね》っていたとしても、僕は彼女が殺人犯となったことに気付いただろう――死体という証拠がなくとも、ぴんと来ただろう。

　これはなにも、自分には探偵小説に登場する名探偵のような資質があると言っているわけではない――そういう意味ではむしろ、僕の勘は悪いほうだ。十八年間、動物的勘とは無縁の人生を送ってきた。大学受験に備えた模試の、マークシート方式の問題で、答がわからなかったときに当てずっぽうで解答しても、正解だったためしがない。

　どうやらその辺は、のんびり屋の母の気質を受け継いだようだが――しかしそれでも、兄妹は兄妹、兄は兄、家族は家族と言うべきなのだろうか。

　朝、朝食を食べている妹の表情を見て、

「ああ、こいつは人を殺したんだな」

と、なんとなく思った。

　歴戦の刑事でもここまで断定的に犯罪を看破《かんぱ》することはできないだろうが――しかし僕にとっては確信だった。

　ひと言の口も利くまでもなく、確かめるまでもなく。

　しかしだからと言って、本当に確かめるまでもなくそう追及するのもどうかと思い、僕は妹が、部活動の朝練のために早めに家を出るのを見送ってから、あいつの部屋にこっそりと侵入した。

堂々としたプライバシーの侵害だが、しかし不法侵入よりも殺人のほうが罪が軽いとは思えない――そしてまず、僕はベッドの下を調べたのだった。

発見したときの感想は、案の定と言うしかなかった――驚くためには、僕は既に心の準備を済ませ過ぎていた。

自動販売機の下に落としたコインを拾うときのように、僕は妹の部屋の床に這《は》い蹲《つくば》るようにして、ベッドの下に押し込められた女子高生の死体に手を伸ばし、それを引きずり出す。

こういう作業が必要になるとあらかじめ思っていたので、手袋を嵌《は》めての行為である――もっとも、死体をこうも無造作にベッドの下に詰めている妹のほうが指紋《しもん》などに気を遣《つか》っているとは考えにくかったので、総合的にはあまり意味がない配慮かもしれない。

死体を明るい場所に出して確認してみると（と言っても、最初の段階で部屋のカーテンは閉めている。なりゆきがわかっている以上、当然の用心だ）、その女子高生は、どうやら妹の同級生らしい。

ベッドの下にあるときでは断定はできなかったが、妹の学校の制服である。襟《えり》のラインの数から学年もわかる。妹と同じ一年生だ。

なかなかの美人だと思ったが、これは死んでいて、肌から血の気が失せているからそう感じるのかもしれなかった。首筋にくっきりと絞殺痕《こうさつこん》があるが、だとすると、顔色が失せるタイプの絞殺だったらしい。まあ、鬱血《うっけつ》するよりは見栄《みば》えはいいのかもしれない——そんなこと、なんの救いにもなるまいが。

僕はまず、その死体のポケットを探る。僕は女子高生の制服に対する造詣《ぞうけい》が深いほうではないので、スカートのポケットの深さに驚いたが、もっと驚いたのは、そのポケットの中に携帯電話を発見したことだった。そして、その携帯電話の電源がオンになっていたことだった。

妹のあまりの無配慮に頭痛すら覚えたけれど、僕はその携帯電話を操作し、今更ながら電源を切る。機内モードに切り替えて、携帯電話から個人情報を閲覧することも考えたのだが、パスワードがかかっていた。今の時代、当たり前の警戒心かもしれないが、いい心がけだと思った——そんな女子が、ぶっきらぼうな妹に殺されてしまうのだから、皮肉なものだが。

携帯電話から情報を得ることはできなかったけれど、この年頃の女子が手ぶらで行動するとは考えにくいし、死体をこうも無造作に扱いながら、手荷物のほうは奇麗に処分したとは考えにくい。僕はもう一度ベッドの下を覗《のぞ》き込むと、予想通り、通学鞄《かばん》のようなものが、奥のほうに見えた。

あの位置では手を伸ばすよりもベッドを動かしたほうが早いと思い、僕はベッドの片側を持ち上げて、もう一方を支点に角度を変える。

そして姿を現した通学鞄を開ける。これもプライバシーの侵害だけれど、しかし僕なりの、半可通《はんかつう》の知識によれば、一般に死者には個人情報保護法は適用されないはずだ。

そして死体の名前、クラスなどが判明する。

知らない名前だった——もっとも、僕は妹の交友関係など、何も知らないのだが。

あいつが高校生になってからは、会話もめっきり減った。そんなものだと思っていた——ただ、それでも彼女が一年三組だということは、どこかで聞いて憶《おぼ》えていた。

どうやらこの子はクラスメイトらしい。

あいつはクラスメイトを殺害しておいて、僕でなければ気付かないほどのなに食わぬ顔をして、クラスメイトが一人欠けた教室に向かったのか……、そう考えると、我が妹ながらとんでもない奴だった。

その後、死体の鞄を検分し続け、それに部屋の様子を加味して考えたところで、ひとつの仮説が成り立った——例によって証拠はないのだが、これも家族だけにわかる勘と言えた。

僕と妹の両親は共働きなのだが、昨日から二人とも仕事で家を空《あ》けていた——僕はこの時期、受験勉強のために家にいる間は勉強をしているだけなので、あまり関係ないのだが、高校生になったばかりの妹は、羽を伸ばすチャンスだと考えたのだろう。友人を家に招いて『お泊まり会』でも開くつもりだったようだ——通学鞄の中にあったパジャマらしき衣類が、それを裏付けている。

僕にはたぶん、事後承諾を取るつもりだったのだろうが、しかしその前にことが起きた——なんらかのトラブルが起こり、妹は友人を殺害した。

恐らく夕飯の前の出来事だと思う。

そうでなければ夕飯のときに、『今日、友達が泊まるからお母さんには黙っていてね』くらいの根回しをしてきたはずだ……、僕の作った夕飯を、人殺しをしたのちに普通に食べていたのだとすれば、無造作というより無神経な豪胆さだが、この推理はたぶん間違っていない。

そして今朝、朝食を食べていた様子からすれば、死体を下に押し込んだベッドの上で、妹は安眠したらしい。

字面《じづら》だけ取り出すと恐ろしい話だが、しかし僕は兄として、あいつが何も考えていないだけだということを知っているので、そんなに戦慄《せんりつ》はしなかった。むしろその愚かさにがっかりしたくらいだ。

果たして妹と友人との間にどのようなトラブルがあったのかまでは定かではないが

(家に招くらいだから、相当親しい相手だったはずなのだが)、しかし、そこを忖度《そんたく》してもこの際仕方ないだろう。殺したものは殺した、死んだものは死んだ。原因を探っても、死んだ命は二度と生き返ったりはしないのだ。だから後ろを振り向かず、肩を落として俯《うつむ》かず、これからのことを、前向きに善処しなければならないのだ。

それにしても、と思う。

散々ここまで、家族ゆえに、兄ゆえに——と、エモーショナルな理由を根拠に動いてきておきながら、この状況下において僕が考えていることと言えば、妹に対する罵《ば》倒《とう》の言葉がほとんどだった。

なんということをしてくれたのだという怒り。

ドラマや何かでは、家族が犯罪に手を染めた場合、それを身を挺《てい》してでも庇《かば》おうとしたり、その愛情ゆえに問答無用で味方についたりするものだが、しかし今の僕にそんな人間らしい感情は皆無だった。心のどこを探しても見つからない。

ただ僕が感じていることは、『妹が人を殺した場合の、兄の立場』というものだった——まあ、ある意味、家族ゆえの発想と、言って言えないこともないだろうが。

肉親が人殺しになるということが、現代の日本社会で何を意味するのかまさかわからないわけでもあるまいし(わからないのかもしれないが)、妹はとんでもないことをしてくれた。

このままではこのことが、僕の受験や、その後に控える就職に大きな影響を与えることは間違いがなかった。

どうやら家族ゆえの愛情、絆《きずな》などとは別次元の感覚から、僕はこの事件を『解決』に導かなければならないようである。

それが現在の、僕の『兄の立場』だった。

■■

その日僕は学校を休み、死体を処理するための『準備』に専念した――と言ってもたいした準備をしたわけではないので、学校を休む必要まではなかったかもしれないが、僕は妹ほど図太くはないので、人に会えば、抱えている問題が顔に出たかもしれない。実際、昼ごはんを作ってはみたものの、喉《のど》を通らなかった。だからズル休みしたのは正解だったと思う。

両親が戻ってくるのは明日、土曜日のことだ。

それまでに――つまり今晩中に、すべてに片をつけておかなければならない。そんな決意をするための時間だったとも言える。

そして午後七時過ぎ、すっかり暗くなってから、妹が帰ってくる。何部だったか忘れたが、随分熱心な部活動だ。その熱心さを、人を殺さない注意力へと転化してくれていたなら、本当によかったのだけれど。

「ただいま。あれ兄貴、ばんごはんは？」

両親がいなかろうとなんであろうと、自分が帰ってくればそこに食べ物が用意されているのが当たり前みたいなことを言うのは如何《いかが》なものかと思う。

その調子で、友人の死体もベッドの下に詰めておけば、誰かが処理してくれるんじゃないかとこいつは考えていたのかもしれない――いや、どちらも当たらずといえども遠からずなのだが。

「話がある」

と、僕は単刀直入に切り出した。

名探偵の謎解きシーンではない、何も論理立てて追い詰める必要もなかった。部屋で死体を見つけた、殺したのはお前だろうと言えば、それで十分だった――いや、十分だと思っていたのだが、妹の愚かさは、兄の想像をいくらか超えていた。

「兄貴、勝手に私の部屋に入ったの!?　信じられない、最低！」

信じられないのはこっちだったし、友人を殺してベッドの下に詰めた奴に、最低呼ばわりはされたくなかった。

その後も口汚く僕を罵《ののし》る妹だったが、僕は忍耐強く、そんな妹の相手をする。妹と腰を据《す》えて、久し振りにじっくりと会話をしているには違いないが、それはまったく喜ばしくない内容だった。

これでももっと幼い頃は、可愛《かわい》らしい妹だったのだが——答案をベッドの下に隠したりしている頃は、プリティなものだったのだが。

それが同じ精神年齢のまま高校生になったら、ここまで不愉快なものなのだろうか。

「なによ。兄貴だって、飼ってたハムスターを死なせちゃったとき、庭に埋めて隠していたじゃない」

「それは普通の供養だ」

僕は言う。不毛な会話だと思いつつ。こんな会話をしている時間が勿体《もったい》ない——もっとも、念のために、妹を説得するための時間は多めに想定してあったので、これでプランが狂うということはない。

「ベッドの下ってなあ。そういうところお母さん似なのかな。お母さんは大事なものは、水屋《みずや》の裏に隠す癖があるじゃないか」

もっとも妹の場合、ベッドの下に隠すのは不都合な、自分でも目を逸《そ》らしたいものばかりなのだが。

「大体、なんで殺したんだよ。友達だったんだろう？」

どうでもいいことだったが、一応訊《き》いておく。その内容如何《いかん》によっては、別の隠蔽《いんぺい》工作が必要になるかもしれないと思ったのだ。

「友達じゃないよ。仲がよかっただけ」

意味不明なことを言う妹だった。

いや、それが最近の女子高生感覚なのかもしれないが、少なくとも僕にはよくわからなかった。

「喧嘩《けんか》したのか」

「違うの。むかついたの。だってあいつ――」

その後妹は喧嘩、ではなく『むかついた』理由を滔々《とうとう》と述べたが、やはりその理由は僕にはよくわからないものだった。人を一人殺すに足る理由だとはまったく思えない。

これが男女の性差に基《もと》づく感覚の違いなのか、それとも二歳分の歳の差に基づく感覚の違いなのか、なかなか興味深そうな問題だったが、今考えることでもあるまい。

とにかく妹からの自白は取れた。

日本の刑法では自白のみでは証拠にならないとも聞くが、家族間においては、これで十分だろう。嘘をついていないことは目を見ればわかる。

何の目的でそんな真似をするのかはともかくとして、第三者が妹のベッドの下に妹の友人の死体を詰め込んだ可能性もなきにしもあらずだったのだが、その線はこれで完全に消えたわけだ。

　こうなると、残念ながらプラン通りに動かざるを得ない。

「わかった。そういうことだったんだな」

と、頷《うなず》くことで、僕は妹の話——というか、言い訳を打ち切る。余裕があろうとなかろうと、これ以上無駄な時間を使いたくはない。

「わ、わかったって……、どうする気よ、兄貴」

　と妹は、気勢を削《そ》がれたように戸惑いながら問うて来る。ここで下手な返答をすれば、口封じのために殺されかねないくらいに思っていただけに、その様子は意外ではあった。

「ま、まさかもう通報したとか？」

「馬鹿。そんなことをするわけないだろう」

　僕は言う。心外だとばかりに——いや、実際それほど心外だったわけでもない。通報するかどうか、迷わなかったわけではないのだから。

　ただ、今はもう覚悟を決めている。

　もしも妹が自首すると言っても、それを止めるつもりだった。

「悪いが、晩ご飯を食べている時間はないぞ。来い」

と、僕は妹の手を引いて、二階へと向かった——目指すのはもちろん、妹の部屋だ。さっき最低と罵られたところだが、構わず僕は、ドアノブに手をかけ、中に這入《はい》る。

「あ」

と、妹が声をあげる。

部屋の中央に鎮座する、丸められた毛布が視界に入ったのだろう——丸められた毛布、それもビニール紐で縛られた毛布だ。

この毛布の中に何が入っているかは、言うまでもない。

「兄貴、これって——」

「お前が帰ってくるまでに、用意をしておいた。さあ、運ぶぞ」

「は、運ぶって？」

「いいから。お前は向こう側を持つんだ」

僕は妹を促《うなが》す。

一から説明していたら夜が明けてしまう。

妹は、しかし僕にバレたところで、今更のように事の重大さが飲み込めて来たのだろうか、混乱しながらも言われるがままに、丸まった毛布の端に手をかける。

くるまれている死体の、どちらが足でどちらが頭だったか、もう忘れてしまったけれど、まあどちらでも大過あるまい。

とにかく二人でそれを抱えて、僕が下になって階段を歩み、一階へと降りる。そこで一旦休憩した——活動を止めた人間の身体《からだ》というのは、思いのほか重い。

僕は体力があるほうではないので、一人では絶対に、死体を一階に運ぶことなんてできなかっただろう——だからこそ、僕が考えたささやかなプランは、妹の協力が必須となるのだ。

そうでなければ、さして仲がいいわけでもない妹との共同作業などごめんである。

「一階に運んできて……どうするの？」

その妹も妹で息が上がっていた。

運動部の癖に随分と非力だ——いや、部活を終えたあとだからこそ、体力が尽きているのかもしれない。

だとすればたとえ時間の消耗であろうと、エネルギーを補給させておいたほうがよかっただろうか……、だとしても、今更プランの変更の仕様がない。

「床下にでも埋めるの？」

妹は冗談でそう言ったようだが、しかしいい線をついていた。この辺は兄妹ゆえの共感なのかもしれない。

「埋めるは埋める。だけど床下にじゃない。山に埋めるんだ」

僕は手短に説明した。

「今からこの死体を車で運んで、山に埋める。スコップはもう用意してある」

「え？」

「埋める山の目星はつけてある。ほら、急ぐぞ。休憩は終わり、そっち側持って」

「や、山って……、え？　でも兄貴、車でって？」

「当たり前だ。山まで歩くわけにはいかないだろ」

「で、でも、兄貴、免許なんて持ってないでしょ？」

「それも当たり前だ。だからいいんだろ」

昨今の自動車を運転するのに、免許など必要ない。それくらいオートマチックの操作性は優れている。実はこれまでにも何度か、こっそりと父親の車を借りたことがある——事故ることも露見することもなく、無事に車庫入れを済ませたものだ。

だが、無免許の高校生が車を運転するはずがないという常識は、この場合、それなりの隠蔽工作として働くはずだ。

二人がかりで死体を抱え、車の後部座席に『毛布』を積み込む。今回は家の中ではなく、短時間とはいえ、それに我が家の敷地内とはいえ、死体を抱えて外を歩いたので緊張した。

まあ見る限り目撃者はいなかったようだし、たとえいたとしても夜のこと、そう問題はないだろう。あの毛布の中に死体があるのでは、などという想像は、赤の他人には不可能だ。たとえば兄ならばともかく——そして僕に兄はいない。

　戸締りを済ませ、妹を半《なか》ば強引に助手席に乗せ、そして僕は運転席に座り、父親の引き出しから持ち出した車のキーを鍵穴に押し込む。

　ナビは使わない。

　初めて向かう山のこと、使えば便利なのだろうが、しかしあの手の機械は記録が残ってしまう。一応、妹に地図を手渡してあるが、しかしあまりあてにしないほうがいいだろう。

　記憶が頼りだ。

　しかし運転に集中してばかりはいられない。

　車中、妹に言っておくことがあった。

「いいか、あの友達は、夜中に喧嘩になって、家を飛び出したということにするんだ。もしも誰かに訊かれたらそう言っておけ」

「え？　家に来たこと、言っていいの？　それだったら、もういっそ家に来てないってことにしたほうが……」

「いや、嘘はなるべくつかないほうがいい。携帯電話や手荷物は、僕が処分しておくから」

その他、『今後の対策』みたいなことを、さながら家庭教師のように、僕は妹に指南した。本来家庭教師が必要なのは、受験生である僕のはずなのだが……ともあれ、ここで頼りがいのある兄の姿を演出するのは大事だった。

言うことをきいてくれなければ話にならないのだ。

どうして妹の不始末を片付けるのに、妹に阿《おもね》るような真似をしなければならないのか疑問ではあったが、人生には諦めも必要だ。

二時間ほど車を走らせ、目的地に到着した。

検問に引っかかる可能性を考えていなかったわけではないが、しかし堂々としていればバレないはずだと、そこは開き直った。

どうせ他に取りえる選択肢などないし、もしもこの時点でことが発覚しても、普通に発覚する場合と、正直大差ないと思う。

いつからか、助手席で眠っていた妹を揺り起こし、僕は彼女にスコップを渡す。スコップは二つ用意してあった。

人間を埋めるための穴を掘る作業は、なかなか簡単ではない——死体を運ぶのと同じくらい、なまなかにはいかない。

「もう……、こんな作業をさせるのなら、着替えさせてよね。本当、気がきかないんだから……」

口でそんな風に文句を言いながら、裏腹に素直に作業に入る妹。いい傾向だ。ここで兄妹喧嘩になっては目も当てられない。

「どれくらいの深さまで掘ればいいのかな？」

「まあ二メートルくらいの深さがあれば十分かな。どれ」

妹にばかり働かせていては体裁が悪いので、僕もすぐに妹に並んで穴を掘り始めた。考えてみれば、穴を掘るという行為自体が久し振り過ぎる。

小学校低学年の頃の、砂場まで遡《さかのぼ》らなければならないかもしれない——いや、この深さの穴など、たぶん十八年間、掘ったことはなかろう。

初めてにしてはうまく掘れた。惚れ惚れする。

時計を確認すれば、更に二時間が経過していた——時間は既に零時を過ぎ、日付が変わってしまっていた。

朝までに、というか、夜が明けるまでに帰りたい。

犬の散歩をする近所のおじいさんに、空っぽの車庫を見られては都合が悪い——なにせ両親が今家にいないことは、調べたらすぐにわかることなのだから。

ただまあ、あまりその辺について心配はしていないのも本音だった。他人の家の車庫が空だとか、両親が出かけているとか、そんなことを気にする『他人』はいない。

だからここで、無理に妹を急《せ》かすようなことはせず、僕はあえて五分の休憩を挟ん

でから、

「よし、死体を運搬するぞ」

と言った。

運搬するといっても、これはほんの数メートルのことなので、穴を掘る労力に較《くら》べれば、何のこともない――むしろその後の、穴を埋める作業のほうが、僕には頭が痛い。

「え？　毛布はずすの？」

「そりゃそうだろ。万が一発見されたとき、毛布から足がつくかもしれないんだから」

それにこれは僕が使っている毛布だ。これがなかったら、今日眠るときに寒い思いをすることになる。

「ふ、ふうん……」

と、妹は消極的な反応を示す。自分が殺した友人の死体を、できればこのまま直視せずに済ませたかったのだろう――だが、僕の言う理屈のほうが通っているので、反対はしなかったようだ。

ビニール紐をほどいて現れた死体、僕だって別に注視したくはないので、さっさとそれを穴の底に突き落とした。

「お別れを言っとけよ。友達だったんだろ」

「え？　あ、あ、うん」

妹は頷いて、穴のふちにしゃがみ、底を覗き込むようにして、なにやら迷ったのちに、神妙な口調で言った。

「ご、ごめんね――何も殺すことはなかったよね。だけど、でも」

この期《ご》に及んで言い訳がましいことを言おうとする妹だったが、しかしそののち、手にかけた友人に対してなにを言おうとしたのかは、永遠の謎となった。

僕が振り回したスコップの先が妹の後頭部に直撃し、そのまま妹の身体は穴の中へと落下したからである。

もしもそれでも息があるようだったらとどめを刺すというなんとも気が重い作業が今後増えることになっていたが、ぴくりともしないところを見ると、即死だったようだ。

「よし」

と、僕は穴を埋める作業に入る。人間二人を埋めるのに、深さは二メートルで丁度よかったらしい――なんとなく、自分の不始末で死なせてしまったハムスターを庭に埋めたときのことを思い出したが、ともあれこれで僕の将来は安泰だった。

仮に妹の殺人が発覚したとしても、死人に個人情報保護法が適用されないように、死者が起訴されることもないのだから。

何も殺すことはなかったと、妹の言葉ではないがそう思わなくはないけれど、しかし一度道を踏み外した人間は、二度三度と、容易に道を踏み外す。今回は隠蔽ができる範囲内のことだったが、次もそうであるとは限らない以上、先に手を打つのが最善手だったと言える。

妹と友人を埋め終えて、その後僕は、空の毛布を後部座席に積み込んでから帰路に就いた——目論見《もくろみ》通り、夜明け前に家に帰ることができた。

もしも家で妹を殺して、妹とその友人、二人分の死体を一人で山に運び一人で埋めていたら、とてもこうは行かなかったに違いない——そう思いながら、僕は父親の引き出しに車のキーを返し、自分の部屋のベッドで毛布にくるまって、眠りについた。

■■

起きたらもう昼過ぎで、母が帰宅していた。

昼ごはんは自分で作らずに済みそうだと安堵しつつ、僕は階下に降りた。

「お帰り、早かったね。お父さんは？」

「まだみたいよ。あの子は？」

と、母から妹のことを訊かれたので、友達とどこかにでかけたらしいと、用意しておいた答を返した。余計なことを訊かれる前に空腹を訴えると、すぐに母は台所に立ってくれた。

なにせ昨日から何も食べていないので、作ってもらった料理をかっこむように食べた。変な味がしたような気もしたが、気にせず食べた。

「ねえ、あなた。あなた、妹を殺したでしょう？　親子なんだから、そんなこと、顔を見ればわかるのよ」

と。

「ごちそうさま」を言ったところで、母は僕にそう告げた。そして僕も何かを言おうとしたのだが、それは叶わなかった。

料理の中に一服盛られていたらしい。

水屋の裏に隠された僕の死体を発見した父が母を殺すのだろうか、だとすると父は母と僕の死体をどうするのだろうと考えながら——僕は死んで、母は人殺しになった。

A 妹は殺人犯!

✕ 禁断ワード あおきけちなにぬれろ

■■

僕の妹は殺人犯。

証拠？

不必要だ。

だって妹の部屋のベッドの下で死体が見つかったのだ――この上証拠が必要かい？

子供の時分から、都合の悪いものは絶対ベッドの下へ『埋める』、動物じみた妹だった――三十点のテストでも、割ってしまった花瓶《かびん》でも、妹は自分のベッドの下へ隠していた。ベッドを買い換えても、そうしていた。ベッドが布団《ふとん》だったら、宝船の絵のごとく、布団の下へ敷いていたのではと感じるほどだ。

高校へ進学しても、その性《さが》はどうやら未修正らしく、まるでかの有名都市伝説のごとく、妹はベッドの下へ、彼女のクラスメイトらしい女子の死体を隠していた。

もっとも、もしも妹がもう少し死体の隠し場所を捻《ひね》っていたとしても、僕は彼女が女子高生から殺人犯へ変貌《へんぼう》したことを察したはずだ――死体という証拠が見つからずとも、そう閃《ひらめ》いたはずだ。

ん？　もしかして僕は、探偵小説の名探偵めいた資質の所有者かって？

まさかだね。

そういう意味では、僕の勘は悪い。

今までずっと、野性の勘とは無縁の日々を暮らしている。大学入りを控えての模試で、解答不明の選択肢問題を勘で答えても、まるで不正解ばかりだ。

どうやらその辺は、のんびり屋のママの性格を継いだようだが――しかしそうは言っても彼女は僕の妹で、彼女は僕の家族だった。

学校へ行く前、ご飯を食べている妹の表情を見て、

「へえ、こいつはゆうべ、殺人犯へと『変わった』ようだ」

と、当然のごとく感じた。

ベテランの捜査官でもここまで断定して犯罪を看破《かんぱ》すまい――しかし僕としては確信だった。

ひと言の尋問も、確かめる手間暇も不必要だ。

しかしだからと言って、実際問題確かめもせず、妹へその『事実』を伝えるのもどうかと考え、僕は妹が、部活動のため、家を早く出るのを待って、妹の部屋へこっそ

りと這入《はい》った。

堂々としたプライバシーの侵害だが、しかし殺人の捜査だ、ここはどうか、見逃して欲しい——そしてまず、僕はベッドの下を調べたのだった。

その死体を見た最初の感想は『やっぱり』だった——びっくりしようとしても、僕はもう、覚悟をすっかり済ませていたのだった。

自動車の下で眠る猫を手で招くがごとく、僕は妹の部屋の床で這い蹲《つくば》って、ベッドの下の死体へ手を伸ばし、ぐいっと引っ張り出す。

こういう仕事が生じると、事前から予想済みだったので、軍手を嵌《は》めての行為だった——もっとも、死体をこうも雑っぽく、ベッドの下へ詰めている妹のほうが指紋のことを考えているのかどうか。その辺を考えると、この行為は無意味感が強い。

死体をベッドの下から電灯の下へ出してみると（最初の段階で窓は遮光《しゃこう》している。展開が予想済みだった以上、当然の用心だ）、その女子高生は、どうやら妹の高校へ通う女子高生らしいとわかった。

ベッドの下では不明瞭だったが、妹の学校の制服だ。襟《えり》のラインの数から学年もわかる。妹と同学年、十五歳やそこらの女子だ。

まず美人の部類だが、そこは死んでいるからこそ、肌が白《しら》んで、そう感じるというのも事実だ。深々とした絞殺痕《こうさつこん》のみが痛々しいが、だとすると、酸素を止めるタイプの絞殺だったらしい——死体の白《しら》みが果たして死んだ少女の救いかどうかはともかくとして。

僕はまず、その死体の制服を探る。僕は女子高生の制服への理解が皆無だから、その収納の構造が新鮮だったが、もっと新鮮だったのは、制服を探る手がスマホを摑《つか》んだことだった。そしてそのスマホが稼動状態だったことだった。

その事実から頭痛を感じた僕だが、即、スマホを操作して、シャットダウンする。通信不可の状態で、スマホから個人情報を閲覧することも考えたのだが、パスが必要だった。今の時代、女子として当然の護身術だと言えるが、いい配慮だと感服した——しかして、そういう女子が杜撰《ずさん》そのものの妹の魔手で絞殺。世界のバランスを感じる僕がいた。

スマホから情報を得ることは無理だったが、この歳の女子が手ぶらで行動するとは考えづらいし、死体をこの程度の『隠蔽《いんぺい》』で済ませて、バッグやらはしっかり処分したとも考えづらい。僕はもう一回ベッドの下を覗《のぞ》く。予想と反せず、通学鞄《かばん》らしいものが、向こう隅で見つかった。

場所からすると手を伸ばすよりもベッドを動かしたほうが早いと判断し、僕はベッドの片側を担いで、もう一方を支点として角度を変える。

そして姿を見せた通学鞄を開く。またしてもプライバシーの侵害だが、しかし僕流の、半可通《はんかつう》の雑学からすると、死者は個人情報保護法の範囲外のはずだ。

そして死体の姓名が判明する。

僕からしたら初めて見る姓名だった。もっとも妹の交友範囲を知ることが、僕からしたら初めてだったのだが。妹が高校へ進学してからは会話もすっかり減った——当然だ。ただ、そうは言っても彼女が三組だということはどこかで知っていた。

どうやらこの子はクラスメイトらしい。

妹はクラスメイトを殺害しつつ、僕のみが違和を感じる普通の表情で、昨日《さくじつ》までそのクラスメイトがいたクラスへと向かったのか……、そう考えると、すさまじく怖い我が妹だった。

その後、死体の鞄を覗いて、そこへ部屋の様子を加味して考え、ひとつの仮説へ辿《たど》り着いた——ここでもやはり証拠は皆無だったので、またしても家族ゆえの仮説だが。

僕と妹の両親は二人とも勤め人《びと》で、ゆうべは二人とも仕事で家から出ていた——僕は今、進学を控えて家ではひたすら勉学へ勤《いそ》しんでいるのみだから、両親不在でもいつものままの夜だったが、高校へ入ったばかりの妹は、羽を伸ばすタイミングだと考えたらしい。

友人を家へ招いて夜を徹して楽しむつもりだったようだ——通学鞄のパジャマが、

この推測の傍証だ。

しかし、その企みは、僕から事後承諾を取る以前の段階で瓦解した——トラブルが発生し、妹は友人を殺害した。

たぶんトラブルの発生は夕飯の前だ。

もしも夕飯後だったら、夕飯時《じ》、その根回しをしていたはずだ……、僕の作った夕飯を、殺人後、平然と食べていたのだとすると、無造作というより図々しいまでの豪胆さだが、この推理はたぶん、いい線いっている。

そして先刻《せんこく》、ごはんを食べていた様子から察すると、死体を下へ収納したベッドの上で、妹はすやすや眠ったらしい。

字面《じづら》のみ取り出すと鳥肌が立つ行動だが、しかし僕は家族として、妹が想像力皆無の考え足らずだと知っているので、そこまで戦慄《せんりつ》はせず、がっかりしたくらいだ。

果たして妹と友人が迎えたトラブルがどういったものだったのかは不明だが（家へ招くくらいだから、相当親しい子だったはずだが）、しかし、そこを忖度《そんたく》しても無意味だ。殺人はどこまでいっても殺人だ。理由を探っても、死んだ生命《せいめい》は絶対蘇生せず死んだままだ。だから過去を振り返らず、俯《うつむ》いて下を向かず、未来のことを、前を向いて善処するのが人らしさという奴だ。

ただ、そうは言っても。

そうは言っても、散々ここまで、家族ゆえ、妹ゆえ——と、感傷じみた理由が元で動いていた僕だったが、しこの惨状でその僕が考えていることと言えば、妹への罵倒《ばとう》の言葉がほとんどだった。

度を越したことをしやがった、という怒り。

ドラマやらでは、犯罪者を犯罪者の家族が、身を挺《てい》してでも庇《かば》う展開や、理性を放り出して問答無用で味方をしたりするものだが、しかし今の僕の精神のどこを探しても、そういった人らしい感情は皆無だった。

ただただ僕が感じていることは、『殺人犯の妹を持った僕のポジション』というものだった——とはいえ、その『感じ』も、家族ゆえの発想と言えるは言えるのだが。

家族が殺人で手を汚したということが、今の僕らの自国文化でどういう意味を持つか知ってか知らずか（いやたぶん知っているはずだ）、妹は一線を越えた、越えやがった。

このままではこのことから、僕の進学や、その後の就職が、甚大かつ許しがたい被害を食らうことは想像がつく。

どうやら家族ゆえの情や、妹可愛《かわい》さとは別ベクトルの感覚から、僕はこの事態を『大団円』へと持っていく必要が生じてしまったらしかった。

そこが今の、『僕のポジション』だった。

その日僕は学校を休み、平日の昼間を、その死体を処理するための『準備』へと費やした——と言っても、した準備は細かいものばかりだったので、別段学校へ行ってもよかったのだ。しかし細心《さいしん》の用心はしたい。妹がどうかはともかく、この心理状態で友人と接したら、僕はたぶん、違和感をもたらしてしまう。実際、昼ごはんを作ってはみたものの、作ったのみで捨ててしまった。だからズル休みしたのは正解だったはずだ。

両親が戻って来るのは土曜日。

つまり使える時間は今晩のみだ。

今晩のみで、すべての工程を終了させる——その覚悟をするための時間だったとも言える。

そして十九時を回り、妹が帰ってくる。いい感じの暗さが周囲を包んだと同時だった。妹の所属がどういう部活だったかは失念したが、随分と熱心だ。その熱心さが殺人以外の方向へと向いていたら、すごく助かったのだが。

「ただいま。ん？　ばんごはんは？」

両親がいても仕事でも、自分が帰ってくると、ごはんの準備は整っているものと言わんばかりの問いだった。

その感じで、友人の死体もベッドの下へ詰めてしまえば、すぐ『整って』しまうものだと、こいつは考えていたのかも——いや、よくよく考えてみたら、両方、実はそこそこ、いい線をついているのか。

「質問するよ」

と、僕はまっすぐ、前振りを飛ばして言った。

探偵小説の見せ場のごとく、理性へと訴えて、自白へと誘導する過程は不必要で、妹の部屋で死体を見たことを言えば、もう十分だった——いや、十分だと僕は考えていたのだが、妹の考えたらずの性分は、僕の想像をいくらか超えていた。

「てめえ、私の部屋へ入ったのか!? 私の許しも取らず!? 最っ低!」

友人の首を絞めてベッドの下へ詰めた殺人犯から、てめえ呼ばわりも最低呼ばわりも心外だった。

その後もうるさくがたがたと喚《わめ》く妹だったが、僕は我慢強く、そのうるさく喚く妹と対峙《たいじ》する。妹と腰を据《す》えて、じっくりと会話するのが久々だったのは確かだが、そこはまったくハウスコメディっぽさとは無縁だった。

昔はもっと、可愛らしい妹だったのだが——テストをベッドの下へ隠したりしている時分は、プリティだったのだが。

　その妹がそのメンタルのままで十五歳まで育ったら、ここまで不愉快だとは、まさしく意外だ。

「人のことばっかり言いやがって。てめえだって、飼ってたペットが死んだら、花壇《かだん》へ埋めて、隠してたじゃねえか」

「死んだペットを埋めるのは普通の供養だ」

　僕は言う。不毛だと感じつつ。この会話で使う時間の無駄っぷりは酷い——もっとも、妹を説得するための時間は念のためたくさんとっていたので、プランは維持したままだ。

「そもそも、ベッドの下って。そういう点はママからの遺伝かい？　確かママは秘蔵品を、水屋《みずや》の裏へと隠す癖を持っているよ」

　もっとも妹がベッドの下へと隠すものは、秘蔵品、宝物というより、自分が目を逸《そ》らしたい物ばかりのようだが。

「大体、どうして友人の首を絞めたりしたんだ？　理由は？」

　僕からしたら、いまやどうでもいいことだったが、問うは問う。その理由如何《いかん》では、別の隠蔽工作が必要かもと考えたのだ。

「友人？　別段、親しかった程度よ」

意味不明の講釈をする妹だった。

いや、ひょっとすると、昨今の女子高生感覚は、実際、そのくらいか……、僕としては理解不能だが。

「衝突したのか」

「衝突以前よ。むかついたんだ。だって彼女——」

その後《ご》妹は、衝突以前の『むかついた』理由を滔々《とうとう》と述べたが、やはりその理由は僕としては、理解不能だった。人の生命《せいめい》を奪う理由として、まったくミステリーだ。

このミステリーが男女の性差から生じるものか、妹との歳の差から生じるものか、いつかとことん考えてみたい問題だったが、いつかはいつかで、今は今だ。

まずは無事、妹からの自白は取った。

本国の法律では、自白のみでは証拠として弱いとも言うが、家族間のことだ、自白のみで十分だ。その自白が真実だということくらい、目を見たらわかる。

理由はともかくとして、第三者が妹のベッドの下へ、妹の友人の死体を詰め込んだという、潰《つぶ》したかった、しかしどこかで馬鹿馬鹿しくも望んでいた可能性は、消失したと言っていい。

ということは、たとえ不本意だとしても、僕はプランへ則って、動くのみだった。

「わかった。そういうことだったんだね」

と、同意を見せることで、僕は妹の講釈——というか、釈明を止める。余裕の有無とかかわらず、もう無駄はうんざりだった。

「わ、わかったって……どうするつもりだ、てめえ」

と、妹は、やや沈んだテンションで、戸惑いつつも、問うてくる。ここで的を外した解答をしたら、妹が僕を二人目の被害者としかねんと考えていたから、その殊勝たる様子は意外だった。

「ま、まさかもう通報したとか？」

「馬鹿。僕が家族を通報する奴かよ」

と、言うものの、実際は、家族を通報した方が良いのかと、相当迷った僕だった。妹の心配は正しい。

ただ、今はもう覚悟を済ませている。

もしも妹が自首すると言っても、僕はその正しい行為を止めるつもりだった。

「悪いが、本日の晩ごはんは食べ損じだね。来いよ」

と、僕は妹の手を引いて、階上へと向かった——目指すのは当然、妹の部屋だ。先刻最低との罵声を食らったばかりだが、構わず僕は、扉のノブへ手を伸ばす。

「え」

と、妹が声を漏《も》らす。

部屋の床で存在感をかもし出す、丸まった毛布が視界へと入ったのだ——丸まった毛布、そして紐で縛った毛布が。

果たしてこの毛布がくるんでいるものは？

当然死体だ。妹の友人の死体。

「こ、この毛布って、その——」

「昼間、準備は済ませたんだ。さて、運ぶぞ」

「は、運ぶって？」

「いいから。早く向こう側を持つんだ」

僕は妹を急《せ》かす。

全部説明していたら、太陽が昇ってしまう。

妹は、しかし僕が妹の殺人を知ったことを知ったことで、ようやくことの重大さを呑《の》み込めたらしく、混乱しつつも、僕の指示も呑み込んで、丸まった毛布の端《はし》へ手を伸ばす。

くるんだ死体の、上下《うえした》がどうだったか、手ずからくるんだ僕はわかる——と言えば嘘だったが、しかし上下《うえした》反転していても、死体は別段文句も言うまい。

ともかく二人で毛布を抱えて、僕が下、妹が上で階段をくだり、一階へと至る。そこで一旦休みを取った——活動をやめた人の身体《からだ》というのは、想像以上の重量を誇る。

僕はひ弱だから、一人では絶対、死体を一階へ運ぶことは無理だった——だからこそ、僕が考えたプランは、妹の助力が必須だ。

妹との手を携えての仕事は正味不快だが、必須だからと我慢する僕だった。

「死体を一階へ運んで……どうするんだよ？」

その妹も妹で、腕が痛そうだ。

運動部の高校生が、随分とひ弱だ——いや、部活を経た帰りだからこそ、体力が空っぽだったのかも。だとしたら、たとえ時間の消耗だったとしても、しっかり食事を摂《と》らせるのが良策だったか？

だとしても、今更プランの変更はしづらいが。

「床下とかへ埋めるのか？」

妹は冗談でそう言ったようだが、しかしいい線をついていた。この辺はさしずめ、家族ゆえの勘か。

「埋めるは埋める。だが埋めるのは床下よりもいい場所だ。山へ埋めるんだ」

僕は短く説明した。

「今からこの死体を車で運んで、山へ埋める。スコップはもう用意して、車へ積んでいる」

「え？」

「埋める山の目星はついている。ほら、急ぐよ。休み時間は終了。反対側を持って」

「や、山って……、え？　でも車でって」

「当然だ。山まで徒歩とか、御免《ごめん》だよ」

「で、でも、私ら、無免だぞ？」

「またもや当然だって。だからいいんだよ」

昨今の自動車は、無免でも運転し得る。一昔前より、操作性が相当ユーザビリティだ。実は今までも幾度か、こっそりとパパの車を借りている僕だった——事故やら発覚やらとも無縁で、無事、車庫へと返したものだ。

だが、無免の高校生が車を運転するものか、という『理性へ則った判断』は、今回、そこそこの隠蔽工作として働くはずだ。

二人がかりで死体を抱え、車の後部シートへ『毛布』を積み込む。今回は建物から出て、短時間とはいえ、そして我が家の範囲とはいえ、死体を抱えて外を移動したので、とてもぞくぞくした。

周囲を観察してみても通行者は皆無だったたし、たとえいたとしても夜のこと、毛布を死体だとは考えづらいはずだ。家族だったらそういう勘も働こうが、たまたまそこを行く他者だったらまず無理だ。僕の妹が実はもう一人いて、そいつがこのタイミングで訪ねてくるイベントが発生するリスクは、相当低いはず、だから大丈夫——と、僕は自分を鼓舞したのだった。

戸締りを済ませ、妹をやや腕ずくで車へ乗せ、そして僕はパパの机から拝借したリモコンで扉の施錠を解除し、そしてエンジンを動かし、ハンドルを取る。

マップは紙のものを用意した。

初めて向かう山のこと、デジタルのマップを使えば便利だが、デジタルではデータが残ってしまう。紙のマップは横の妹へ持たせての運転だが、しかし妹の散漫たる『指示』は丸々《まるまる》無視でよさそうだったというか、どうやら昼間の予習が頼りだった。

そして運転へ腰を据《す》えつつ、この移動時間を使って、妹へ今後のことを『指示』する僕。

「彼女は夜、諍《いさか》いが生じて、家を飛び出したんだ。周囲へは、そう説明する。いいね？」

「え？　彼女の来訪を、言っていいの？　この際、もういっそ、来訪自体を伏せたほうが……」

「いや、嘘はほどほどのほうがいい。スマホや通学鞄は、僕が処分するから」

その他、『今後の対策』めいたことを、さしずめ塾の講師のごとく、僕は妹へ指導した。本来塾の講師からの指導が欲しいのは、進学を控えた僕のはずだったが……、ともかく、ここで妹へ対して頼りがいを見せるのは大事だった。

妹は逆らわず、僕のプランへ従って欲しいのだ。

どうして妹の不始末を始末するため、妹へへりくだる態度を取る必要が生じるのか、首をひねりたい感じだったが、こういう展開もまた人生だ。

数時間車を走らせて、目指す山へと到達した。

無免ゆえ、職務質問が怖かったのだが、どうやら幸運だったようだ。堂々としていたら大丈夫だと考えていたが……。

そもそも、どうせ選べるルートはこのルートのみだったのだし、もしもこの時点でことが発覚しても、駄目で元々というものだ。

いつからか、横で眠っていた妹を揺さぶり目を醒《さ》まさせ、僕は彼女へスコップを手渡す。スコップは二人分用意していた。

人の死体を埋めるため、地面を掘るのは、当然相当の体力がいる——死体を運ぶのと同様、大変だ。

「もう……、こういう仕事をさせるつもりだったら、専用の服を用意させてよ。そういうとこ、本当駄目だわ」

ぶつぶつ文句を言いつつも、スコップを地面へと差し込む妹。いい感じだ。ここで僕らが衝突したら、プランはみるみる崩壊する。

「どのくらいの深さまで掘るんだよ？」

「うん、僕の背よりは深くだね。さてと」

妹のみを働かせていては体裁が悪いので、僕もまた、妹のそばで、地面を掘り始めた。考えてみたら、地面を掘るという行為自体が久し振りだ。

前回はたぶん、小学校低学年の時分の、昼休みくらいか……いや、この深さまで掘るのは、たぶん人生で初めてだった。

初めてだと考えたら、うまく掘ったものだ。異色の掘りだと言える。

時間を確かめるとまた数時間が経っていて、もう日が変わっていた。もう土曜日だった。

家へ帰るタイムリミットは未明、日が昇る前までだ。

我が家の前をペットと散歩するじいさんが、空っぽの車庫を見たらまずい。今夜、両親が留守だったことは、調べたらすぐわかることだから。

ただしかし、実際はその辺の心配は不要だと考えているのも本音だった。僕の家の車庫が空だとか、両親が留守だとか、そういう『此事《さじ》』へわざわざ目を注《そそ》ぐ通行者はいまい。

だからここで、妹を急かす真似はせず、僕はたっぷり五分、休み時間を挟んでから、

「よし、死体を運搬しよう」

と言った。

運搬するといっても、ここはもう、ほんの数メートルのことだ。地面を掘るための体力を考えたら、軽い仕事だといえた。僕としては、その後の、掘った地面を埋める仕事のほうが心配の種だ。

「え？　毛布はずすの？」

「そりゃそうだよ。もしも死体が見つかって、毛布が証拠と化したらどうするんだい」

そしてこの毛布は僕の毛布だ。この毛布をここへ埋めたりして、凍《こご》えて風邪を引くのは御免だ。

「ふ、ふうん……」

と、妹は暗い反応を示す。首を絞めた友人の死体を、可能だったらこのまま毛布でくるんだまま、埋めたかったらしい――だが僕の言う理屈のほうが正しいと判断したようで、『暗い反応』程度だった。

紐をほどいて、問題の死体。僕からしたら重要だったのは毛布のほうだから、その死体はさっさと掘った場所へ落下させた。

「ばいばいしたら？　友人だったんだから」

「え？　う、うん」

妹は戸惑いつつも、その場へしゃがみ、友人の死体をこわごわと見て、少し迷ってから、声を低くして言った。

「ご、ごめんね――苦しめて、首絞めて、ごめんね。でもね、私は――」

ここでまだ、釈明がましい態度を取りそうだった妹だが、しかしその後、殺害した友人へどう釈明するつもりだったのかは、永遠のミステリーだった。

僕が振り回したスコップの先端が妹の後頭部を砕いて、そのまま彼女は友人の待つ地面の底へと落下したからだ。

もしも一発で絶命せず、まだ存命だったら、妹へとどめを刺すという憂鬱が僕を待っていたのだが、幸い、即死だったようだ。

「よし」

と、僕は掘った地面を元へ戻す仕事へ入る。人二人を埋める深さとして、僕らが掘った深さはぴったりだったらしい――ふと、自分の不始末で死んだペットを家の花壇へ埋めた際のことが浮かんだが、ともかくこの埋葬で、僕の将来は、リスクを回避した。

死者は個人情報保護法の範囲外。

そして死者は殺人公訴の範囲外だ。

だからと言って実の妹を殺害するのは当然憂鬱だったが、しかし一回ミスをした者は、繰り返し繰り返し、ミスをする。失笑もののミスを繰り返す。今回の殺人はどうやら隠蔽可能だったが、以降もそうかと言えば、相当微妙だ。だったら先手を打つのが賢い者の行動のはずだ。

妹と友人を埋めて、地面を整えて、その後僕は、空の毛布を後部シートへ積み込んでから、家へと帰った――日が昇る寸前、車庫へ停めて、見事、目標達成。

もしも家で妹を殺害して、妹とその友人、二人分の死体を一人で山へ運び、一人で埋めていたらと考えるとぞっとする――絶対山で日の出を迎えていた。

その仮説を想像して、ほっとしつつ、僕は車のリモコンをパパの机へ返し、自分の部屋のベッドで毛布をかぶって、ぐっすりと眠った。

■■

目が覚めたらもう正午で、ママが帰っていた。

自分で作ることを覚悟していたのだが、どうやら昼ごはんはママの手料理を食せそうだと考えつつ、僕は階下へと向かった。

「早かったね、ママ。パパはまだ？」

「まだみたいよ」

という返答から続いて、ママは妹の所在を僕へ尋ねた。友人とどこかへ買い物へ行った、と、準備済みの答を返した。細かい問答をかわすため、僕は空腹を訴えると、ママは勝手へ向かい、料理を開始する。

献立はパスタだった。

正味、昨日《さくじつ》からずっと空腹状態だから、がつがつと食べた。変わった風味のパスタだった。

「妹を殺害したわね？」

突然、ママがそう言った。

のんびり屋で勘の悪いはずのママが。

「わかるわよ、ママはママだから。家族だから」

そこですべてが途絶える。

その後のママの言葉も、ママへ言いたかった僕の釈明も、すべてが途絶え、ミステリーと化した。とても静かだった、とても。

どうやら風味は、毒味《どくみ》だったようだ。

今度はママが水屋の裏へしまった僕の死体を見たパパがママを殺害するのか、だとするとパパはママと僕の死体をどうするのかしらと考えつつ――僕は死んで、僕のママは殺人犯。

B 殺《あや》め人間・妹!

✕ 禁断ワード | こしすせひまゆらるわ

■■

妹が人間を殺《あや》めた。

認めたくはないが、妹の部屋より遺体が発見されたのだ。遺体が発見されただけでは犯罪要件とは言えない、なんて僕にはとても言えない——誰がなんと言おうと。

遺体があったのは、例によってベッドの陰だ。幼いとき、赤点の答案をベッドの陰に投げ入れたり、砕《くだ》けた陶器《とうき》をベッドの陰に投げ入れたり、とにかくなんでもかんでも、己《おのれ》に不利なものは、ベッドの陰に投げ入れていたのだった。ベッドを買い換えたときも、その悪癖に変化はなかった。そんな妹に、幼い僕は、バレないように、ベッドと布団《ふとん》を取り替えてやりたいと思ったものだ。

だけど、もう幼くもないのに、あいつの悪癖は直っていなかったようで、あの著名なフォークロアそのもののように、ベッドの陰に、妹の友達っぽい女の遺体があったのだ。

もっとも、仮に妹がベッドの陰以外にその遺体を『投げ入れ』ていても、たとえそれを発見できなくても、僕はあいつが人間を殺めたと、認めたくなくとも、認めただろう。遺体が発見できなくとも、そう思っただろう。

いやいや、何も、僕がはやりの創作物語内の名探偵みたいな特別な才能を持つ人間だと言いたいのではない——その意味では、逆に、僕の勘はよくないほうだ。動物的勘など、どんな局面でも、僕には無縁のものだった。どんな検定も、勘に頼れば、零《れい》点《てん》ばかり。いい目を見たパターンは、一度もない。

どうもその辺は、暢気《のんき》な母のパーソナリティを受け継いだようだが——だけどそれでも、兄は兄、妹は妹、家族は家族というべきなのだろうか。

朝、パンを食べていた妹の顔を見て、

「ああ、僕の妹は人間を殺めたんだ」

と、なんとなく思った。

プロの捜査官でも、そうあっさりと、犯罪を看破《かんぱ》できないだろうが——僕にはできた。

妹となにか口を利いたでもないのに、完璧に予想できた——確認の有無は不要とさえ思えた。

とはいえ、認めたくないという気持ちは強く、それで、なければいいなと思いつつ、その確率に賭《か》けつつ、僕はベッドの陰を覗《のぞ》いたのだ。

妹が、部活動の朝練で、早めに家を出たのを見送って、僕はあいつの部屋に無断で這《は》入《い》った。

兄《あに》・妹《いもうと》間とはいえ、無断で部屋に這入ったのは問題がありそうだけれど、妹が人間を殺めたほうがよっぽど問題だ——部屋に這入った僕は、いの一番に、ベッドの陰を覗いたのだった。

遺体発見の感想は、『やっぱり』だけだった——それ以外の感想はない。それほどに、その場面は完璧に僕の予想通りだった。

土下座のような形で、僕は妹の部屋に這い蹲《つくば》って、ベッドの陰に『投げ入れ』てあったブレザーの遺体、その袖《そで》をがっちりとつかむ。

重かったが、片手でなんとかなった。

手袋を嵌《は》めてきたので、遺体の服をつかむのになんの問題もない——もっとも、廃棄物のように無造作にベッドの陰に遺体を『投げ入れ』た妹のほうが、同様の無造作さで手袋を嵌めていなかった場合、僕の手袋は無駄な配慮だろう。

遺体を明かりのもとで確認（明窓《めいそう》は、部屋に這入ったときに、カーテンで塞《ふさ》いであった。展開が読めていたので、平凡な配慮だ）。

ブレザーは妹のそれとそっくりだった——襟《えり》のデザインより、学年も妹と同学年だと断定できた。一年だ。

なかなかプリティな顔立ちだと思ったが、もっともそれは、生きていないので、そう見えただけだとも言えた——遺体は顔色が消えていて、のどには手の形がくっきりとあった。鬱血《うっけつ》の顔立ちよりは見栄《みば》えがいいだろう——いいとなんだというつもりもないが。

僕はいざ、その遺体のポケットを探った。僕はブレザーへの造詣《ぞうけい》が深くはないので、その作りの方々《ほうぼう》に驚いたが、一番驚いたのは、ポケットの中にケータイが入っていた点だ。次いで二番目に驚いたのは、そのケータイの電源がオンになっていた点だ——いやそれが一番か。

妹のとんでもない無配慮にはうんざりだけど、ともかく僕は電源を切り、そのケータイを片付けた。電波を受け付けない機内モードで、ケータイの中を覗く手もあったが、それは無理そうだった。ケータイのガード機能がオンになっていた。妹の無配慮とはてんで違う、いい警戒だとは思ったが、だがそんな警戒も、妹の手によって遺体となった現在、ただただ空虚だった。

ケータイは役に立たなかったけれど、だが、遺体の名は即座に判別できた。というのも、遺体の年齢を思えば、他に手荷物を持っていないとは考えにくかった。その上、ケータイに無頓着《むとんちゃく》だった妹が、手荷物は適当に廃棄を終えたとは、もっと考えにくい。僕はもう一度、カーペットに這い蹲ってベッドの陰を覗く。予想通り、通学鞄《かばん》のようなものが、奥のほうに見えた。

あの位置では、手は届かないと思ったので、僕はベッドの片方を持ち上げて、両《りよう》脚規《きやくき》のように円を描き、取った。

結果、手に入った鞄に、僕は手を入れた。無断で他人の鞄に手を入れたのは、無断で妹の部屋に這入ったのよりは罪が重そうなので、念のため、遺体に見えない角度で中身を漁《あさ》った。

遺体の権利の有無はともかく、そんな違法捜査の甲斐《かい》あって、遺体の名が判別できたのだ——それは僕にとっては、皆目未知の名だった。

もっとも僕は、妹の友達で、既知《きち》の者などいない——近年、あいつとは滅多に口を利かなくなった。最近は特に顕著だ。兄と妹など、そんなものだと思う——ただ、妹が一年三組だとは、どっかで聞いて憶《おぼ》えていた。

遺体も三組のようだった。

あいつは己の組の人間を殺めておきつつ、僕でなければ気付かないほどの平気な顔で学窓に、それも殺めた人間が不在の組に向かったのか……その仮定を考えたとき、僕の妹は、とんでもない奴だと思ったものだ。

そのあと、遺体の鞄の検分を続け、部屋の捜索も続け、のちに僕は結論を固めた

——例によって、確定的な要素はないのだが、兄と妹なので、家族なので、出た結論だ。家族愛とは言いにくければ、家族勘とでも言うか。

僕と妹の親は両方とも勤め人で、昨夜《さくや》は二人揃って、家を空《あ》けていた——僕は最近は勉強漬けなので、家に親がいてもいなくても、大差ないのだけれど、気持ちが幼いときと大差ない妹は、昨夜《さくや》を、思うように遊ぶ機会だと考えたのだろう。

友達を家に泊めて、二人でパーティというつもりだったようだ——通学鞄の中にあった寝着《ねぎ》を見た限り。

僕にはたぶん、あとで言うつもりだったのだろうが、その『あと』に届かないうちに、妹は友達と揉《も》めた——揉めて、妹は友達を殺めた。

たぶん、ディナーの際には殺めていた。

そうでなければ、ディナーの際に、『現在、友達が部屋に来てっけど、お母さんに言うなよ』的な文句を言っていただろう……、僕の作ったディナーを、人間を殺めたのちに普通に食べていたとは、無造作というよりただただ太い生き方だが、論理的に考えたとき、そう結論づくのだ。

その上、今朝《けさ》、パンを食べていたときの雰囲気を読むと、遺体を投げ入れたベッドの上で、妹は眠ったようだ。

そう考えれば恐怖感は否《いな》めないが、ただ、僕は兄なので、あいつが何も考えてないだけだと想像がつくので、その恐怖感は否めた。逆に、その愚かさに呆《あき》れたほどだった。

いったい、妹と友達がどう揉めたのかは定かではないが（家に入れたほどなので、相当仲はよかった相手なのだろうが）、現在、それを考えても、はなはだ無意味だ。殺めたものは殺めた、遺体は遺体。原因を探っても、潰《つい》えた命の回帰はないのだ。なので昨日《きのう》を振り向かないで、肩を落とさないで上を向いて、先を見て、一歩一歩を踏み出さねば――だ。

だけれど、と思う。

散々冒頭で、家族なので、兄なので――と、それっぽく言っておいて、現在、僕が考えていたのは、妹へ向けた罵倒《ばとう》の文句ばかりだった。

なんという馬鹿な奴なのだ、という怒り。

画面の中では、身内が犯罪に手を染めた場合、それをおのが身を盾《たて》に庇《かば》ったり、その家族愛で理屈ではなく味方についたり、という台本が採用されがちだが、妹の部屋の中の僕の中に、そんな人間のような気持ちは皆無だった。見つかったのは、それとは対極の気持ちばかりだった。

妹が人間を殺めた場合の兄、その立場。

いや、立場のなさというべきか――僕はそんな、己の身への不安だけを、ただ抱いていた。その不安も、家族なので抱く不安だと言って言えなくもなかろうが。

罪人の家族が、現代の日本でどんな目に遭《あ》うのか、考えれば明白だろうに（考えてないのかもだが）、妹は中でもとんでもない犯罪に手を染めてくれた。

むろん、妹の犯罪は、兄の先々《さきざき》に、かなり大きな影響があろう。近々で言えば、大学に行くための勉強が無駄になりかねない。

どうも、家族愛とかとは違う感覚で、家族愛とかとは違う観点で、僕は妹の犯罪を解決にもっていくべきようだった。

それが現在の、僕の立場。

僕の立場のなさだった。

■■

僕は、今日は学業に行かないで、遺体の片付けの『用意』に取り組む——と言っても、言うほどの『用意』ではなかったので、学業は学業でやっておくべきだったとも思えた。だが、僕は妹ほどいい加減ではないので、誰かに会えば、抱えた問題の露見の恐れがあった。己で作ったチャーハンもちっとも受け付けなく、無駄になったのを考えれば、いい判断だったのだろう。

父と母は今日もノーリターンだ。

なので、今日のうちに——要は翌朝には、決着をつけておきたい。そんな決意を、
一日かけて、僕は固めた。

太陽が落ちて、夜《よ》が更けたあたりで、妹が帰ってきた。さて、何部だったかはともかく、妹はとても熱く、部活動に努めていたようだ。その熱さを、友達を殺めない倫理観に、なんとかもっていけなかったのだろうか。

「帰ったよ。兄貴、今日のディナーは？」

父や母がいなかろうと、己の帰宅のタイミングでディナーが用意されていなければ駄目だと言いたげな妹だった。

なんだろう、その感覚で、友達の遺体もベッドの陰に投げ入れたのかな？　誰かが勝手に、その遺体を片付けてくれればと願って……いや、どっちも案外、いい勘というか、いい感覚ではあったが。

「ちょっと、訊《き》きたいんだけど」

と、僕は即座に問うた。

名探偵の謎解きでもないのだ、何も論理立てて追い詰めなくてもよかった。部屋で遺体を見つけたと、それだけ言えばいい——いや、いいと思っていたのは僕だけで、妹の愚かさは、兄の想像より上をいっていた。

「嘘！　兄貴、勝手に妹の部屋に這入ったの!?　何やってんのよ、最低！」

何をやってんだと訊きたいのは僕のほうだった。それに、友達を殺めた奴が、兄に最低とか言うか。

そのあとも、口汚く僕に罵倒をぶつけ続けた妹だったが、僕は忍耐強く、そんな妹と相対を続けた。思えば、妹と向かい合って、妹の意見を聞く機会など、そうはなかった。そんな機会はもうないとも思っていたが、あっても別に、いいものではなかった。というか、そんな機会、嫌だった。

思うに、もっと幼いときは、プリティな妹だったのだが――答案をベッドの陰に投げ入れていたときは、プリティなものだったのだが。

「なによ。兄貴だって、飼ってたハムちゃんが天に召されたときは、花壇《かだん》に埋めてたよね。なのになんで妹には駄目だって言うのよ」

「あれは普通の供養だろう」

僕は言う。とても不毛だと思いつつ。時は金なりなどというつもりはないが、無駄は省きたい――もっとも、妹への調査が長くなったときのために備えていない僕でもないので、別に計画は変えなくてもいい。予定通り、不毛なだけだ。

「ベッドの陰ってなあ。そういうのは、お母さん似なのかな。お母さんはとっておきのものは、棚の陰に入れがちだった」

もっとも妹の場合、ベッドの陰に投げ入れてきたのは、己にとってとっておきたくない、目を背けたいものばかりなのだが。

「大体、なんで殺めたんだよ。友達だったんだろう？」

どうでもよかったけれど、一応訊いておく。その内容如何《いかん》によっては、別の計画を立てたほうがいい場合もあった。

「友達？　違うよ。仲がよかっただけ」

妹の返答は意味不明だった。

いや、案外、それが最近の女友達の感覚なのか？

僕には理解できない感覚だが。

「喧嘩《けんか》かなにかで揉めたのか？」

「違うの。むかついたの。だってあいつ――」

そのあと、妹は喧嘩、ではなく、『むかついた』原因を滔々《とうとう》と述べたが、やはりそれは僕には意味不明な原因だった。それが人間を一名、殺めた原因だとは思えない。

その感覚の不一致が何の差にもとづくのかについてちょっとだけ考えてみたが、即座には解答がでそうになかった。憶えていれば、明晩にでも考えよう。

とにかく、妹は犯罪を吐いた。

日本の刑法では、犯罪の容疑は、犯罪を吐いただけでは固めにくいものだが、家族間においては、それだけでいいだろう。嘘をついてないのは、兄の目が断言できた。

　なんの目的でそんな謎の犯罪に及ぶのかはともかく、第三の人間が、妹のベッドの陰に妹の友達を投げ入れた場合もないでもなかったのだが、妹が吐いたので、その場合は完璧になくなった。

　それでは予定通りに計画通りだ。

「そうかい。そうだったのかい」

　と言って、僕は妹の弁——というか、言い分を打ち切った。たとえ念頭に置いてあった不毛な兄・妹間トークであれど、僕の忍耐にも限度はあった。

「そうかいって……、何よ、兄貴。なんなのよ」

　と妹は、気を削《そ》がれたように、息を呑《の》みつつ、問うてきた。下手《へた》を打てば、口止めのために妹が僕も殺めかねないと思っていただけに、その態度は意外ではあった。

「なんで兄貴、そんな、落ち着いて……、も、もう通報を終えたとか？」

「馬鹿。通報なんて、無理だよ。僕はお兄ちゃんなんだぞ」

　僕は言う。いかにも家族思いの兄のように——いや、本音でもあったが、通報が無理だというのは嘘だ。その点で、僕に倫理的な葛藤はあったのだ。

　ただ、現在は、その葛藤はない。

　仮に妹が、警察に行くつもりだと言っても、僕はそれを止めただろう。

「罰はディナー抜きでいい。来な」

と、僕は妹の手を取って、二階へと階段を登った——向かうのはもちろん、妹の部屋だ。さっき、最低と罵倒を受けたばかりだが、それはさておき、ドアノブに手をかけ、中に這入った。

「あ」

と、妹が驚いた。

部屋のなかほどの、謎の毛布を見れば、至って普通の反応だ——謎の毛布。謎の何かを包み、くくってぎちぎちに固めた毛布だ。『何』を包み、『何』をくくってぎちぎちに固めた毛布なのかは、明白だろう。

「兄貴……、兄貴がやったの？」

「そうだ。僕が先にやっておいた。さあ、次は運搬だぞ」

「う、運搬って？」

「やいのやいの言うな。訊くな。早くあっちを持つんだ」

僕は妹に端的に言った。

妹の相手で気付いたとき、夜《よ》が明けていたでは、色々な用意も無駄というものだ。命令を受けた妹はぶつぶつ文句を言いつつも、だが犯罪の露見が意外とインパクトだったようで、僕の言いつけ通りに、毛布に手をかけた。

毛布の中の遺体の、どっちが脚部《きゃくぶ》でどっちが頭部だったか、もう僕にも謎だったが、うん、どっちでも大過ないだろう。

とにかく、二人で『それ』を抱えて、妹が上の形で階段を降り、一階に到着。到着、即、その場でブレイクタイムだ――活動をやめた人間は、思いのほか重い。

体力のない僕では、不仲な妹の、受け入れがたい協力がなければとても計画通りに、遺体を一階には運搬できなかっただろう。

「で……、一階に持ってきて、それで？」

その妹も息が上がっていた。

運動部なのに僕と同様の体力なのかと思ったが、きっと部活を終えたあとで、体力が尽きていたのだろう。

栄養補完のため、ちゃんとディナーを作ってやったほうがよかったかな？　現在地点よりの計画改変はおよそ不可能だが。

「家の地下にでも、埋めてあげればいいの？」

妹はふざけてそう言ったのだろうが、それなりにいい勘だった。兄と妹なので、案外不仲でもその辺、共感できたのかも。

「埋めてあげたいが、家の地下ではないな。山林だ」

僕は端的に言う。

「友達の遺体をお父さんの軽で、山林に埋めてきてあげればいいのさ。道具は揃えた」

「山林……、え？　でもパパの軽って……」

「もちろんだ。徒歩で山林には運搬できないよ」

「でも兄貴、免許もってないよね？」

「それも、もちろんだ。それがいいんだろ」

免許などなくても、軽は僕でも運転できた。何を隠そう何度か、父に無断で借りた経験もあった――むろんバレなかった。ハプニングも何もなく、借りた軽をカーポートに入れた僕だった。

だが、僕が無免許のティーンだという『免許』は、妹の友達の、遺体の問題の解決にあたって、いい要件となろう。

二人がかりで抱え、遺体を軽に積む。玄関・カーポート間の短距離ではあったが、屋根のない道においての遺体を抱えての移動は、肝が縮んだ。

とはいえ、見た限り辺りに人間はいないようだった。いてもそんなに脅威ではないだろう。あの毛布の中に遺体があったのかも、などという想像は、赤の他人には不可能だ。もっと言えば、家族でなければ不可能だ――もちろん僕に妹と親以外の家族はいない。

玄関の鍵をかけて、妹を隣に、運転は僕だ。

キーは父の机より借りてきた。

ただ、目的の山林へは、アナログの、記憶頼りの道案内で行く——軽に付属の機械は頼れない。行き先を打つと、記録に保存されかねない。一応、手があいていた妹に道案内を頼んではみたが、あてにはできない。

なので、ではないけれど、そのあてにできない妹へ、僕は運転の一方、言うのだった。

「いいか。あの友達は、夜中に喧嘩になって、家を出て行ったんだ。いつか誰かに訊かれたときは、そう言え」

「え？　そんなの言っていいの？　そう言うより、もういっそ家に来ていないって言ったほうが……」

「いや、嘘は最低限に抑えたほうがいい。ケータイや手荷物は、僕がなんとか隠そう……」

その他、遺体以外の隠蔽《いんぺい》、隠匿《いんとく》について、カテキョーが言うようななんだかんだを、僕は妹に言う。いや、カテキョーが何を言うかなど、独学ばかりの僕には一切不明だが——ともかく、僕は『兄貴は頼りになりそう』というインパクトを、妹に与えた。

僕は妹に言いなりになっていただきたい兄ではないけれど、今日だけは例外なのだ。

なんで妹のフォローのために、妹の機嫌を取ろうという展開になったのか疑問ではあったが、普通に生きたければ、人間、妥協と忍耐だ。

検問などのハプニングもなく、目的地に到着。

検問があったときは、妥協と忍耐より、諦念だと思っていたが――どの道、検問で『積荷《つみに》』がバレていても、現況に大きく変化はなかっただろうが。

やはり部活で疲れていたのか、気がついたときには隣で寝ていた妹をつつく。起きた妹は、友達を埋めてあげようと、穴掘りの道具を持った。ふたつ用意があったので、僕も持つ。

穴掘りは簡単ではない、遺体の隠蔽のための穴掘りとなればなお、簡単ではない。遺体の運搬と同様に、僕だけではできない。

「もう……そういう労働は、先に言ってよね。着替えてくればよかった」

口ではそんな風に文句を言いつつも、妹はちゃんと『労働』に取り組む。よかった。山林の中、兄と妹で喧嘩など最悪だ。

「で、穴掘りって、どの程度の穴掘り？」

「感覚的には、相当深めにだな。万歳《ばんざい》の僕が縦に入ればＯＫだ。どれ」

妹が労働に取り組んで、兄が棒立ちでは面子《メンツ》が立たないので、僕も即座に、妹の隣で掘削にかかった。考えてみれば、穴掘りそのものが追懐だ。

否、追懐と言っても、幼ければ掘れない穴だ。花壇ではできそうもない穴掘りは、僕的には初体験だ。

初体験だと、相当ちゃんと掘ったほうだろう。己の腕に惚れ惚れだ。

時計を確認。

時計の針はてっぺんあたりで、現在は金曜ではなくもう土曜だった。

予定通りに帰りたければ、もうぎりぎりかな——朝には家にいたいのだが。

お隣さんの犬の散歩で、軽がないカーポートを目撃されたくはない——なにぶん、昨日より家に父も母もいないのは、簡単な調査で簡単に察知できよう。

ただ、その辺、それほど気を配っていないのも僕の本音だった。お隣さんのカーポートの雰囲気とか、他人はそんな些細《ささい》を記憶できない。

「OK。遺体の運搬だ」

と言った。

運搬と言っても、ほんのちょっとの距離だ——掘削の労力の半分も不要だった。次に穴を戻さなければいけないので、僕的には、それを思えばちっとも、ブレイク感はないのだが。

「え？　毛布ほどくの？」

「そりゃそうだろ。仮に、遺体発見となったとき、毛布が手掛かりになればやばいだろ」

なにより、僕の毛布だ。

なければ寒い。

「ふ、ふうん……」

妹は嫌そうだった。己の手で殺めた友達の遺体を、もう見たくないのだろうか——見たくないのだろうが、明白に理は僕のほうにあったので、反対意見はなかった。

毛布をほどいて見えた遺体。僕だって別に遺体を見たい気持ちはないので、さっさとそれを、穴の中に突き入れた。

「何か言っとけよ。友達だったんだろ」

「え？　あ、あ、うん」

妹は言って、穴のふちにかがみ、中を覗いて、考えたのちに、穏やかな口調で呟《つぶや》く。

「ちゃんと言えないけど……、そ、その、さ、殺意はなかったん……だよ。ソーリー。だけど、でも」

いったい遺体に、妹は何を言いたかったのだろうか。友達に向けて、己の言い分を通そうという妹の態度に呆れた僕は、だけど、その続きを聞かなかった。

　僕がバットのように振った掘削道具の直撃を受けたのは、妹の頭部だった――もちろん、妹は勢い、穴の中へと落ちた。

　仮にそれでも息があったときは、とどめという嫌な労働が僕に課されていたが、穴の中の妹の頭部の形を見れば、その恐れはないようだ。

「ＯＫ」

　と、僕は穴を埋めにかかった。人間二人を埋めようという穴だ、深さが不安だったが、いい塩梅《あんばい》だったようだ――なんとなく、己の怠惰で天に召されたハムちゃんを花壇に埋めたときの思い出に気持ちがいったが、ともあれ掘った土を整えて、僕の先々は、妹の犯罪と完璧に切り離された。

　仮に妹の友達の遺体が発見されても、その際妹の遺体も発見されよう。妹の犯罪がどれほど明白であろうと、検察は遺体を訴えない。

　妹と違い、僕の場合殺意があったのだが、だが避けようのない殺意だった。一度道を違《たが》えた者は、二度三度と、容易に道を違えよう。次は僕の手に負えなかった場合を考えれば、僕の決断は不可欠だった。

　妹と友達にばいばいと言って、そのあと僕は、役目を終えた毛布を軽に積み、意気揚々と帰路についた――目論見《もくろみ》通り、僕は未明のうちに帰宅できた。

だが、自惚《うぬぼ》れは禁物だった。

妹の協力あっての『予定通り』だ――僕だけでは無理だっただろう。家で妹を殺めて、妹とその友達、二人分の遺体を僕だけで隠蔽だなんて、議論の余地なく無理だっただろうと思いつつ、僕は父の机へ軽のキーの返却を終えてのち、己の部屋のベッドで毛布をかぶって、眠りについた。

■■

起きたとき、もう太陽は天高くなっていて、母は勤めより戻っていた。

労なく母の手料理を食べれそうだと、期待への胸の高鳴りを抑えつつ、僕は階下に降りた。

「お帰り。早かったね。お父さんは？」

「今日は遅いみたいよ。お兄ちゃん、妹ちゃんは？」

と、母に訊かれて、僕は、友達とどっかへ出かけたようだと、予定通りに言った。色々訊かれて疲れたくないので、僕は先に、母に空腹を訴えた。母は即、キッチンに立ってくれた。

なにぶん昨日《きのう》より何も食べていないので、作ってくれた料理を、僕はがつがつと食べた。変な匂いの麺料理だったが、とにかくがつがつと。

「ねえ、お兄ちゃん。お兄ちゃん、妹ちゃんを殺めたのね？　お母さんだもの、そんなの、顔を見れば気付くのよ」

と。

料理を食べ終えたとき、母は僕にそう告げた。それに僕は応答を返そうと思ったのだが、不可能だった。

どうも、母が料理の中に一服盛ったようだ。

棚の陰に投げ入れた僕の遺体を見た父は、母をちゃんと殺害できようか、そのあと父は、母と僕の遺体をちゃんと廃棄できようか、と、そんな風に父を気遣いつつ――

僕は遺体となり、母は人間を殺めた。

C 実《じつ》妹《まい》の犯行だ!

✕ 禁断ワード えくさそてとねみより

■■

実妹《じつまい》が人間を殺したのだ。
私《わたし》はあの娘の寝台の下から死体を発見した。疑いをかけるには十分過ぎる事実だ。普通、死体があれば、大概、他に何もいらないだろう。

昔から、都合の悪いものは、必ず寝台の下に投げ入れる奴だった——試験の悲しい結果や、割った花瓶《かびん》を、全部、実妹は自分の寝台の下へ投げ入れた。寝台の種類も無関係だった。実妹が寝台にこだわるわけは、都合の悪いものを投げ入れるためなのかもしれない。

高校生になろうが何になろうが、この傾向は直らなかったらしい。寝台の下に、実妹の級友らしき女の子の死体があった——あの有名な怪談を思い出す。

しかし、もしも実妹がもう少し死体の片付けかたに頭を使った場合も、私は実妹が人間を殺したのに気付いただろう——死体の発見がなかった場合も、私は実妹の犯行に気付いただろう。

　卑下した言い分になるが、私の勘は悪い。明晰《めいせき》極まるホームズの反対の姿が、この私だ。野性の勘が働いた経験は、長い人生、一回もない。カレッジの入試に向けたこの間の模試は、ギャンブルを全部外した。

　たぶんこの辺は、暢気《のんき》な母親の気質を受け継いだのだろう——しかし、私は実妹の兄だし、実妹は私の実妹だった。限られた関係の中だけなら、真実を知るのに勘なんかいらない。

　七時に起き、パンを食べる実妹の姿を視認した瞬間、私は『あいつが人間を殺したらしい』、こう思った。看破《かんぱ》した。

　私が歴戦の刑事だろうが、こうは犯行を決めつけられないだろうが——しかし今回の私は決めつけた。疑いの色は、濃厚だった。

　喋《しゃべ》らず、確かめず——しかし、濃厚だった。

　もちろん現実問題、確かめずに追及するわけにもいかない。私は実妹が、部活のため、早めに高校に行ったのを受け、実妹の部屋に、無断のうちに侵入したのだった。

　明らかなプライバシーの侵害だが、しかし人間の命を侵害した実妹の部屋に這入《はい》るのに、ためらう私じゃあなかった——ためらわない私は、まず、寝台の下を調べたのだった。

死体の発見は、ある種自明の話だったから、なんの感慨もなかった——冷たい気持ちのまま、私は昔人間だった物体を視認した。

自販機の下に落ちたコインを拾うポーズになった私は実妹の部屋の床に這い、寝台の下に押し込められた女の子の死体へ指を伸ばし、引っ掛け、こちらへ引っ張る。

死体に触れる行為は必須になるだろうから、あらかじめ対指紋のカバーは済ませた私だったが、死体をいい加減に寝台の下に押し込む実妹のほうが対指紋のカバーをしたはずがないから、これは案外無駄かもしれない。

死体を明るい場に出し、確かめる（もちろん、始めに部屋のガラスに布はかけた、抜け目のない私だ）。この女の子は、実妹の高校の級友らしい。

視認しづらい寝台の下にあるからわからなかったが、実妹の学校の正規の衣類だった。カラーのラインの数は一本。実妹の高校の新入生だった。

なかなかの美人だった——しかしながら、これは死体だから、色白なだけかもしれない。頸部《けいぶ》に絞めた痕跡がある。鬱血《うっけつ》せず、顔色《かおいろ》が失せる絞めかただったのは、女の子の幸せになったのか否か、男子の私にはわからない。

私はまず、懸案のこの死体のポッケを検《あらた》める。私は女の子の衣類に対する知識が深いほうじゃないから、腰の深めのポッケが意外だったが、なおも私が意外だったのは、深めのポッケの中に、携帯を発見した事実、携帯がオンだった事実だった。

実妹の埒外《らちがい》の、いい加減な隠蔽《いんぺい》に頭痛を感じる私だったが、頭痛に構わず火急に、携帯をオフにした。通信機能をオフにし、携帯の中を調べるのも方法だっただろうが、鍵がかけられた携帯だったから、不可能だった。今の時代、女の子ならもちろんな警戒かもしれないが、いい心掛けだ――いい心掛けの女の子を、荒い心掛けの実妹が殺したのだから、シニカルな世界だが。

　携帯は調べられなかったが、この世代の女の子が鞄《かばん》を持たずに動こうはずがないし、また、死体をこうもいい加減に扱う実妹が、鞄は奇麗に始末したはずもないだろう。私はもう一回寝台の下を調べる。意に反せず、思《おぼ》しき鞄があった。あの位置なら、指を伸ばし引っ掛けるわけにもいかない。私は片側を持ち上げ、もう一方を中心に寝台を回す。

　結果、姿を現した鞄を開け、中を調べる。これも明らかなプライバシーの侵害だが、しかし私の持つ半可通《はんかつう》の知識なら死者はプライバシー権を重んじられないはずだ。

　調べた結果、死体のプロフィールが判明する。

　知らない名だった――しかしながら、私は実妹の交友関係なんかは、何も知らないのだが。あいつが高校に上がったら、会話は急激に減った。これが賢兄《けんけい》・令妹《れいまい》のあるべき姿だろう――ただ私の、脳の端《はし》っこに、実妹の学級の数字があった。

死体の学級の数字は、同じだった。
一、二の次。
あいつは級友を殺し、しかも兄の私しか気付けない変化しかせずに、いつものままに、いつもの級友がいない学校に向かったのか……、信じがたい動きだ。我が実妹ながら、ある種、すごい。

実妹の兄は、死体の検分をし続け、散らかる部屋も検分し続ける——出せた結論は一個だけだった。ややうがちがちな推論だったが、私は兄だから、推論があったら十分だった。

私達兄妹《けいまい》の親はダブルインカムだ。昨日《きのう》の晩は、父も母も我が家を留守にした——私はこの時期、受験に向けた学びがあるから、父や母の留守は、生活になんの関係もないのだが、高校生になったばっかの実妹には、ゆうべは楽しむチャンスだったのだろう。

たぶん、友人を我が家に連れ入れ、パジャマ会なるものを実現したかったのだろう——死体の鞄の中にあったパジャマらしき衣類が、まあ、わずかな裏づけだ。

私にはたぶん、事後に許しをもらう腹だったのだろうが、しかし事前に事件が起きた——実妹が友人を殺す事件が起きた。

夕飯以前に起きたのだろう。

　以後なら夕飯時《じ》に友人の話があったはずだ——なかったのだから、夕飯以前のはずだ。私の愛の籠もった夕飯を、友人を殺したのちに普通に食べたのは、怖いを越し、呆《あき》れる神経だが、しかし、この推論は真実の周囲にあるだろう。

　まあ、ゆうべ実妹は、死体を下に詰め込んだ寝台を使い、すやすや昏睡したのだったら、呆れるを越し、素直に怖いになるが。

　ただ、私の中じゃあ『素直に怖い』にならないのは、あいつが深い思考もないまま、死体を寝台の下に入れ、また死体敷きの寝台を使い昏睡したのが、兄の私には自明だったからだ。だから私は実妹に対し、素直に失望した。

　いったい、我が実妹が己の友人をなぜ殺したのかは、確かじゃあないが（我が家に入れるからには、これはもう、仲が悪いはずもないのだが）、しかし、殺しの原因をひたすら調べ続け、場が遅滞するのが好ましいわけもない。殺したものは殺した。死んだものは死んだ。調べ続けたら死体が回生するなら私は調べ続けるだろうが、死体は死んだままなのだ。過去は過去。だから、後ろを向かず、地面を向かず、俯《うつむ》かず——前方を向き、私は『今』に向き合わなければならないのだ。

　しかし。

　私は思うしかない。

　兄なのだから実妹の犯行なら看破し得《う》るのが必然——こんな風に語る私だったが、

兄妹の絆を前面に押し出す私だったが、しかし今、私の思考を支配するのはひたすら、実妹に対する悪口《あっこう》だけだった。

何をしやがるのだ。

怒らずにいられない。

漫画の世界なら、近しい関係の者の犯行は庇《かば》うのが人間のあるべき礼節の姿、詰問なしのうちに力になるものだろうが、現実は――否《いな》、現実が何にしろ、私の中には全然、実妹を庇う気持ちも、力になる気持ちも、湧《わ》かなかった。

ただただ私が感じるのは、『実妹が人間を殺した場合の兄の立場』だけだった――まあ、ある種、兄妹《けいまい》だからの思考回路なのだろうが。

近しい関係の者が人間を殺す。

現代の日本におけるこの事実が、いったい何を示すのか、わからない実妹なわけもないのに(わからないのかもしれないが)、あいつは困った事態、私に不都合な事態を引き起こした。

事態の放置が、私のこれからに――近い話じゃまず受験に――大きな風を吹き込むのは間違いがない。

ならば、感極まる兄妹《けいまい》の話じゃあ全然ないが、私にはこの事件を『解決』する義務がある。

この『義務のある立場』が、私の思う『賢兄の立場』だった。

■■

この日私は学校を欠席し、死体を片付けるための『準備』に集中した――しかしながら、たいした準備をしたわけじゃないから、学校を休む必然性はなかったかもしれないが、私は実妹の持たない、いわゆる神経を持つ人間だから、今誰かに会ったら、抱いた問題が露見したかもしれない。事実、昼御飯は食べられなかったから、欠席は正解だっただろう。

父母の帰還は明日《あした》だった。

だから、今晩中に、事態を全部、『解決』しなければならないのだ――あるいは、この決意をするための欠席だった。

日の沈んだ午後七時過ぎ。

何部だったかは確かじゃないが、部活が終わった我が実妹が、我が家の玄関を開けた――随分お疲れの姿だ。部活に打ち込む姿勢は、人間を殺《あや》めない姿勢に通じないものだろうか。

「ただいま。あれ兄貴、晩御飯は？」

『自分の帰還の時期にあわせ、晩御飯はあるものだ』。父母が留守だろうがなんだろうが、我が実妹は、こう言いたげだ。

実妹の思考の中じゃあ、友人の死体を寝台の下に詰めたのも、自分が学校に行った間に、死体の片付けは誰かがするものだからなのかもしれない――いや。

前者も後者も、あながち不正解じゃあないのだが。

「話がある」

私は実妹の発言を制し、本題に入った。

これはパズラーノベルじゃあない、私は実妹に対し、いわゆる隙《すき》のない追い詰めかたはしなかった。実妹の部屋から死体を発見したのを、ただ色をつけずに、言っただけだ。死体は何も喋らないが、雄弁だろう――が、これは私の勘違いだった。

「兄貴、私の部屋に入ったの!? 信じられない、馬鹿馬鹿!」

信じられないのはこっちだったし、友人を殺め、寝台の下に詰めた奴に、私を罵《ののし》る権限はない。

しかしこののちも私を罵る実妹だったが、我慢する私。実妹に向き合い、こんな風に話をするのは実に懐かしいものだったが、もちろん、これが嬉しいはずもない。

実妹も案外ちっちゃな頃は、可愛《かわい》らしい女の子だったのだが――寝台の下に投げ入れたのが、ただの悪い試験の結果だった頃は、可愛いものだったのだが。

同じ精神のまま高校生になったら、こうも不愉快な女の子になるものなのだろうか。

「ふんだ。兄貴も、ハムちゃんを死なせたら、庭に埋めたもん。同じだもん」

「あれは普通に葬《ほうむ》っただけだ」

私は言う。不毛な会話だ。こんな会話をする時間が勿体《もったい》ない——まあ、これを警戒し、実妹を言い伏せるための時間は多めに準備したから、これがプランのずれに繋《つな》がるはずがない。

「寝台の下かあ。実は母に似たのかな。母は大事なものは、棚の裏なんかに入れるじゃないか」

ただし、実妹の場合、寝台の下に入れるのは不都合な、自分の視界から外したいものだけなのだが。

「大体、なぜ殺したんだ。友人だったんだろう？」

細かい話じゃああったが、私は一応訊《き》いた。原因次第じゃあ、別の隠蔽プランがいるかもしれないから。

「友人じゃない。仲がいいだけの奴」

わけのわからない発言をする我が実妹。

いや、これが案外、今の女の子の感性なのかもしれないが、いずれ、私にはわけがわからなかった。

「喧嘩《けんか》したのか」

「違うの。むかついたの。あいつは、私を——」

実妹はつらつら、いかに自分が正しい大義に従い友人を殺したのかを語ったが、これも私にはわけがわからなかった。人間を殺すに足る原因には、全然感じない。これが性別からの感性の違いなのか、あるいは受験生・新入生からの感性の違いなのか、なかなか気になる問題だったが、今好奇心を働かす問題じゃああるまい。

閑話休題、実妹は犯行を吐いた。

日本の刑法じゃ犯行を吐いただけじゃあ真実を決められないはずだが、兄妹《けいまい》間に限れば、犯行を吐けば十分だろう——実妹が真実を話したのは、兄ならわかる。

不思議な行為にはなるが、赤の他人が実妹の寝台の下に実妹の友人の死体を詰め込んだ可能性も、可能性だけならあったのだが……。ふむ、私のなすべき動きは完全に決まった。

「わかった。もう疑問はないぜ」

頷《うなず》き、私は実妹の話——あるいは言い訳を打ち切った。時間があろうがなかろうが、無駄な会話をしたいわけじゃあない。

「わ、わかった……？　なに、何をするの、兄貴」

ここは、下手《へた》な反応をしたら、実妹は兄を黙らせるため殺すかもしれない場面だけに、私は発言には気をつけたものだったが、実妹は色を失い、混乱しつつ私に訊いた——意外な質問だった。

「あ、兄貴。ま、まだ通報は——」

「するか。馬鹿だな」

私は言う。言外に心外を表《あらわ》しつつ——いや、実は通報するしないは、結構重大な問題だったから、心外じゃあないか。

ただ、しない。今はもう、こう決めた。

もしも実妹が自首したがったら、私は厳しめに戒《いまし》めただろう。

「悪いが、晩御飯を食べる時間はないな。来い」

私は実妹を引っ張る。二階へ向かうのだ——二階にある実妹の部屋へ向かうのだ。

また罵られるかもしれなかったが、構わず私は、ノブをつかんだ。

「あ」

実妹が反応を示す。

部屋の中央に置かれた、丸められた毛布が視界に入ったのだろう——ただの丸められた毛布じゃない、ビニール紐に縛られた毛布だ。

中に何が包《つつ》まれた毛布かは、明らかだった。

実妹にも、もちろん、包んだ本人の私にも。

「兄貴、これ――」

「昼の間に、準備は済ませた。じゃあ、運ぼう」

「は、運ぶ？」

「いいから。向こう側を持つんだ」

私は実妹を促す。

一から説明する暇はない。

実妹は、しかし犯行が私にバレたのがきっかけなのか、危険な事態についに（？）気付いたのだろうか、混乱しながらも私に言われるがままに、丸まった毛布の端を持つ。

毛布に包まれた死体の足のほうを持たせたかったが、包まれた形だから、今実妹の持つ端が真実足のほうか、私にはわからなかった。まあ大過あるまい。

私が反対側を持ち、毛布を持ち上げ、階段じゃあ、私が下の形になった。一階についたら休憩。死んだ人間の身体《からだ》は、思いのほか重い。

私は力のあるほうじゃないから、私だけじゃあ絶対、死体を一階に運べなかっただろう――だから、私のプラン『死体片付け』には、実妹の力がいるのだった。

いらないのだったら、不仲な実妹に頼まず、私は単身死体を片付けただろう。

「言われるがままに一階に運びました……が、これからは？」

しかし実妹もまた、息が上がったらしい。

部活に精を出す高校生は脆《もろ》いものだ――いや、部活に精を出す高校生は、精を出した結果、もう働けないのかもしれない。

だったら、時間がなかろうが、私達は晩御飯を食べるべきだっただろうか――まあ、ここからプランの変更をするのは不可能だが。

「床下やらに埋めるの？」

実妹の発言は思いつきだっただろうが、しかしいい線をついたものだった。この辺は、兄妹《けいまい》だからある、勘働きかもしれない。

「埋めるは埋める。だが床下にじゃあない。山に埋める」

私は簡単に説明した。

「これからこの死体を、父の軽を使い、山に運び、山に埋める。スコップはもう準備した」

「うん？」

「埋める山の目星は、もうついた。ほらほら、向かおう。休憩はおしまいだ、もう一回、毛布の端を持つんだ」

「や、山……うん？　兄貴、軽は……パパの軽？」

「もちろんだ。山へ、歩きじゃ死体を運べないだろ」

「い、いや兄貴、兄貴も私も、ライセンスなんか——」

「ない。だからいいんだろ」

今の時代の軽ならば、動かすのにライセンスなんかいらない——高校生なら誰もが動かせるだろう。私も以前、何回か、父の軽を無断のうちに使ったものだが、大した事故もないまま、無事に車庫に帰還したものだ。

だから、『ノーライセンスの高校生』なる肩書きがある私達は、むしろ軽を使うべきなのだ。

軽の後部席に『毛布』を積む。今回の『死体運び』は、我が家《や》の中じゃない。短時間だろうが、敷地内だろうが死体を、開《ひら》けた地を運ぶのは、肝の縮む思いがした。

一応確かめた感じ、周辺に人間はいないらしかったし、まあ、いたらいただ。兄妹《けいまい》が運んだ毛布の中に死体があるかもしれない——こんな風に思う赤の他人がいるはずがない。兄妹《けいまい》なら思う場合もあろうが、私に実妹以外の実妹はいない。

玄関の鍵を締め、実妹をなかば強引に軽に乗せ、私も乗る——もちろん実妹がナビ席だ。父の引き出しから持ち出したキーを鍵穴に入れる。

ナビ席に座らせた実妹に地図を渡すが、これは気休めだ——また、機械のナビも使う気はない。

知らない山に向かうのだから、普通ならナビを使いたいのだが、しかしこういう機械は使った痕跡が残るのだ。

だから昼間の調べの暗記が肝だ。

受験生の本筋だった。

しかし山への通路だけに集中するわけにもいかなかった。

私には車中、実妹にするべき注意があった。

「いいか、ゆうべは喧嘩になったんだ。だから友人は深夜に我が家から自分のうちへ帰還した――誰かに訊かれたら、こんな感じに説明しろ」

「ん？　喧嘩の話、言うの？　誤魔化《ごまか》すんだったら、もう始めから、我が家に来なかった話を語ったほうが……」

「いや、誤魔化しは可能なだけ、わずかにしたほうがいい。携帯や鞄は、私が始末をつけるから……」

他にも諸々《もろもろ》、『今後の対応』に関する話を、何かの先生を思わせる風な懇切感のうちに、私は実妹に指南した。先生に指南を受けたいのは、受験生の私のはずなのだが……、閑話休題、実妹への指揮効果の発揮は、今後を思うなら必須だった。

今後、反抗性を帯びられたら困るのだ。

なぜ実妹の不始末を片付けるために、実妹の機嫌をうかがう流れになるのかはなはだ不思議だったが、人生には諦めも不可欠だろう。

山についたのは二時間後だった。

検問には引っかからずに済んだ——不安はあったが、結論は『こうするしかないのだから』『なにがあろうが、もうここから私の立場は悪化しない』だった。開き直った姿勢が、反対にいい目を出したのかもしれない。

いつからか、ナビ席の背もたれに身体を預け、夢うつつだった実妹を起こし、私はスコップを渡す。スコップはふたつ準備した——兄妹《けいまい》一本ずつだ。

人間を埋めるための穴を掘るのは、なかなか簡単じゃあない——死体運びが一だったら、穴を掘るのも同じ一だ。

「もう……、こんな穴を掘らせるんだったら、ジャージのほうがいいじゃん。兄貴は衣類に拘《こだわ》らないから……」

ぶつぶつ不満を洩《も》らしながらも、裏腹に素直に穴を掘る実妹。いい傾向だ。兄妹《けいまい》喧嘩の心配は、この感じならいらないだろう。

「深めに掘ったほうがいいのかな？」

「うん。まあ、私の背丈が全部入らないんじゃ、駄目だろうな……、だから私の背丈プラス、五十センチだ。ふむ……」

実妹だけに働かせるのも格好がつかない。目安が決まるや否や、私は実妹に並び、穴を掘る。思うに、穴を掘る行為自体が懐かしかった。

以前に穴を掘ったのは、七つか八つの頃の砂場か？　いや、こうも深めの穴を掘るのは、たぶん初体験だろう。

初体験ながら、惚れ惚れする仕上げだった。

穴が完成した頃には、またも二時間が経過した——短針が零を過ぎ、日付はもう、次の日になったのだった。

日が昇る頃には——いや、日が昇る以前には、我が家に帰還したい。

犬を連れた町のお爺ちゃんが、空っぽの車庫を不思議に思ったら都合が悪い——なにせ、父も母も、今我が家にはいない事実は、私には偽《いつわ》れないのだから。

ただまあ、本心を言うなら、この辺の心配は心なしの心配だった——他のうちの車庫が空か否かなんか、父母が留守か否かなんか、『他人』からすれば、気にもなるまい。

だから、私はむしろ実妹を座らせ、ここから反対に五分の休憩を入れたのち、

「じゃあ、死体を運ぼう」

私は言った。

もちろん、軽から穴へ運ぶだけだから、穴を掘るのに比《ひ》すれば、大変じゃあない。むしろ運んだのちの穴埋めのほうが、私には頭が痛い。

「あれ？　毛布は外すの？」

「ああ。万が一、この死体を発見する者がいた場合、毛布から足がついたら馬鹿馬鹿しいだろう」

大体これは私の毛布だ。風邪を引いたら、受験生の私は困るのだ。

「ふ、ふうん……」

実妹は死体から毛布をはがすのが嫌らしい。自分が殺した友人の死体を、じかに視認したい気持ちはないらしい――だが、私の言い分のほうが正しいからか、反対はしなかった。

ビニール紐を外し現れた死体。私にもじかに視認したい気持ちはなかったから、外すや否や、私は死体を、掘った穴に入れた。

「お別れは言わないのか？　友人だったんだろ」

「あ？　うん、あ、うん」

実妹は頷き、穴のふちにしゃがんだのち、結構な時間、黙った――黙ったのち、落ち着いた風に、言った。

「ご、ごめん――ごめん。殺したかったわけじゃあないんだ。ただ、私は――」

友人の死体を山に埋めかけ、まだ言い訳を喋れるのはいかにも我が実妹だったが、しかしこの実妹が友人に対し言いたかった結論がなんなのかは、わからないままに終わった。

私が振ったスコップの先端が頭に当たった実妹が、穴の中に落ちたからだ。

もしも一撃じゃあ終わらず、まだ息があった場合は、追撃なる気の重い行為が不可欠になったが、実妹の身体は動かない。ふむ、追撃はいらないらしい。

「オーケイ」

安心し、私は穴を埋めにかかる。死体をふたつ埋めるのに深めに掘った穴だったが、私の目安は正しかった。不意に、私の不始末の結果死んだハムちゃんの墓が頭に浮かんだが、なんにしろ、私の進路は安泰になった。

私が警戒すべきなのは『もしも実妹の殺しが露見した場合』だったが、しかしもうこの『場合』が起ころうが、死人はプライバシー権からも、刑法からも『自由』なのだから。

殺したかったわけじゃない。

実妹の言い訳だが、私も同じ言い訳を、実妹に言いたい――しかし一回誤った人間は、二回目も誤る。今回は隠蔽可能な範囲内だったが、二回目が範囲外だったら――こう思ったら、決断するしかなかった。

実妹、友人のふたつを埋めた私は、空の毛布を軽の後部席に載せ、帰路に就いた――プランを達成し、日が昇る以前に、無事車庫入れは終わった。

もしも実妹を殺したのが我が家だったら、こうはいかなかったに違いない。ふたつの死体を、山に運び、山に埋める。私だけだったら、一夜《いちや》じゃあまず不可能だった。己の判断に感嘆しつつ、私は父の引き出しに軽のキーを入れ、自分の部屋の寝台に転び、毛布をかぶった。

■■

起きたら昼過ぎだった——母も、もう帰還したらしい。

何か炒めるプランだったが、助かった。

昼御飯に母のパスタを期待しつつ、私は階下に向かった。

「早かったんだ。父は？」

「まだかかるっぽい。令妹ちゃんは？」

母から実妹の話を振られたから、私は、

「友人のうちに、外出らしい」

こう言った。昨日のうちに準備した『真実』だ。もちろん、突っ込まれたら困るから、話を進めないために、私は母に空《す》き腹を告げた。母は何も言わず、キッチンに立った。

なにせ昨日から何も食べなかったから、私は母のパスタを乱暴にかっ込む。変な味がした気もしたが、気にせず食べた。

「賢兄ちゃん。あなた、令妹ちゃんを殺したの？　親子だもの、わかるんだから」

母は言った。

私が、食べ終わるや否や言った。私も母に言いたい何かがあったのだが――実現しなかった。

致死性の味付けのパスタだったらしい。

棚の裏に入れられた私の死体を発見した父が母を殺すのだろうか、ならば父は母、私、ふたつの死体をいかに片付けるのだろうか。もう進路のない私には関係のない話だったが、しかしただ父を心配しながら――私は死に、母は人間を殺したのだ。

D 愚《ぐ》妹《まい》、人を殺しし話

禁断ワード　たつのふへほむめもや

■■

我が愚妹《ぐまい》、人を殺しけり。

証拠はなし、されど屍骸《しがい》はあり。否《いな》、屍骸こそ、なにより信頼しうる、字義通りに『動かぬ証拠』なり――屍骸は我が愚妹が寝床が陰に見られり。

幼きときより愚妹、あらゆる具合悪《わ》ろき品を寝床が陰に隠しけり――答案用紙しかり、割りし花瓶《かびん》しかり。寝床を変えれど変わらず、隠しけり。寝床に陰なきときすら、愚妹、裏に敷くかと感じられり。

高校生となる今すら、愚妹が悪《あし》き癖、直らずと見えり。広く知られし都市怪人がごとく、寝床が陰に、愚妹が同級生らしき屍骸はあり。

そうはいえど、仮に愚妹、屍骸が隠し場所に更に知恵を捻《ひね》れど、我は愚妹が殺しを知覚し、いずこかにある屍骸を見るなり――屍骸なる証拠なけれど、ぴんと来うるなり。

これは何ら、我には推理小話に登場しうる推理力ありと言いしわけではなく、どちらかといえば我には真理を見抜きうる推理力いと欠けり――我、勘いと悪ろし。我十八年、いわゆる勘とは縁なきなり。受験を控えし試験、わからぬ問いは勘に依《よ》れど、的中せしことなし。

おそらく我が勘が悪きは、おとなしき母からなる遺伝なり――されど我は愚妹が兄なり、愚妹は我が愚妹なり、家族はいと家族なり。

朝、朝食を食ししとき、

「嗚呼《ああ》、我が愚妹、人を殺しけり」

と、なんとなしに感じけり。

歴戦なる警官なれど、ここまで見事に犯罪を看破《かんぱ》せず――されど我には、確信なり。

口利かずといえど、確認せずといえど。

我に揺るがぬ確信あり。

しかとはいえど、現《げん》に確認を避けしまま、愚妹に疑義をかけるは正道《せいどう》にあらずと考え、我は愚妹が、早朝、高校が朝練に行きしあと、密《ひそ》かに愚妹が洋間に入りけり。

これは明らかな愚妹が私人権侵害であれど、人を殺せし愚妹に、そういう配慮はいらずと我は考えり――そして我、まず寝床が陰を調査せり。

屍骸を見しときが衝撃、大きくはあらず――先《さき》んじて予想せし状況ゆえ、我に驚愕《きょうがく》はなかりけり。

自動販売機が陰に落とせし硬貨を拾うがごとく、我は愚妹が洋間が床に這《は》い寝転び、寝床が陰に押し込まれし女子高生が屍骸に指をかけ、こちらに引き摺《ず》れり。

屍骸に触《さわ》る作業、必ずあれりと考え、先んじて我、手套《しゅとう》を備えし。されど、屍骸をかく荒く遇す我が愚妹が、手套せしとは考えにくし。されば我が手套、意味なきなり。

明るき場所で屍骸を確認するに（あえて言わず、調査始まりし折、我、洋間が窓に暗幕張りけり。展開わかりし以上、当然なる用心なり）、女子高生は恐らく、愚妹が級友と判じられん。

寝床が陰にありしときは、確認するに難あれど、愚妹が高校が学生着なり。襟《えり》にありし線、屍骸が学年を明らかにす。愚妹と同じ一年生なり。

中庸《ちゅうよう》なる美女らしく感じられん。されど屍骸ゆえ、顔色いと白きゆえ、かく感じられん。首筋に刻みしがごとき指が痕《あと》あれど、考えるに、愚妹、級友が呼吸を停止させんと手をかけけり。白き顔色、悪《わ》ろき顔色よりよかれ――されど、屍骸に救いはなかりけり。

我は即、屍骸が学生着をまさぐれり。我、女子が衣類、まるで熟知せず。謎なる構造、懐中が深度にいと驚けり。されど、屍骸が懐中に、電話ありしことに、我、より驚けり。

愚妹が度を過ぎし愚かしさに、我、悲しみさえ感ず。されど取りあえず、我は屍骸が電話を操作し、電源を切れり。電波出《い》でぬ状況下に置き、電話から屍骸に関する知識を得んとするが、鍵かかりし。暗号、解けず。女子として、当然なる警戒心といえ、我、よき心掛けと感心せり。

見事なり。

されどかような女子が、愚かしき我が愚妹に殺されしは、いとど皮肉なり。電話より屍骸に関する知識を得ること叶わず、されどうら若き女子が空手《からて》で行動するとは考えにくし。それに、屍骸をかく適当にあしらう愚妹が、屍骸が鞄《かばん》に限り、丁重に遇するとは、なお考えにくし。我は再度、寝床が陰を調査す。そして挙句《あげく》、奥に、明らかに鞄が見えにけり。

位置からして、鞄を引き寄せるより、寝床を移動させるがより疾《と》しと見、我は寝床が右側を抱え、力を入れ、ぐいと掲げ上げ、円を描くように動かせり。

寝床が陰より露見せし鞄を、我は開けり。愚妹ばかりか、屍骸にまで行われる私人権侵害なり――されど我が依《よ》りなき知恵によれば、死人に私人権なる権利、あるはずがなし。

屍骸が名前、組など、挙句明らかにならん。

我、把握せぬ名前なり――されど我、愚妹が交友関係を、まるで知らず。愚妹、高校生になりしあと、我愚妹と、あまり会話することなし――兄妹《けいまい》とは、かくある決まりと考えり。しかし我、いずこかで、我が愚妹が所属、一年三組なりと聞きし記憶、かすかにあり。

ならば屍骸と我が愚妹、級友と確定せり。

我が愚妹、級友を殺し、殺せしあと、我ならずんば悟れぬ人変《ひとが》わりしか見せず、級友が欠けし高校に行けりと見えり。いとどすさまじ。我が愚妹と信じにくし。

我更に、屍骸が鞄に、検査を継続す。それに、愚妹が洋間に調査を継続す。挙句我、ある仮定を考えるなり――それは再度、証拠大いに欠けし仮定なり。されど、仮に証拠なけれど、家族ならばこそ、それとわかりし勘あれり。

我と我が愚妹が両親、勤労す。父勤労す、それに母勤労す。昨晩は我らが両親、仕事にて家を空《あ》けし夜なり。我は近頃、進学せんと、学びに邁進《まいしん》する日々なり――ゆえに、両親が留守は、我が人生になんら影響なし。されど、高校に入学せしばかりなる我が愚妹、昨晩を、いい遊びが機会と見計らいしようなり。

我が愚妹、友人を家に招きて、『お泊まり会』なる会を開催せんと考えり――屍骸が鞄に収まりし、寝巻らしき衣類が証《あかし》なり。

愚妹我には、事後にそれを言わんと考えり——されど事前にことは起こりけり。愚妹と友人に忌《い》まわしき事故起こりて、我が愚妹、友人を殺せり。

考えるに、それは夕飯《ゆうはん》前に起こりし出来事なり。

さにあらずんば、夕飯に際し、『今日、我が友人宿泊せり。兄上、けして母に言うことなし』くらい言わんはずなり。我が調理せし夕飯を、人を殺せし手で食せしと考えると、我が愚妹、すさまじを超え、いと恐ろし。されど我が仮定、あながち間違えることなし。

加えて今朝、朝食を食すに際す様子からして、我が愚妹、屍骸を陰に押し込みし寝床にて、夜を明かしけり。

表層ばかりを取り上げると、さぞかしおぞましき話なれど、しかし我は我が愚妹が兄にて、愚妹、考えなくかくせしことがわかるゆえ、おぞましさは感じず。兄が感じるは、愚妹が愚かしさから感じる悲しさなり。

さて、愚妹と友人がせし喧嘩《けんか》が、いかなる感じなりしかは、わからず（家に招く友人なり、仲はよしと考えらるるが）、されど、それを探れど、益なきなり。殺せしは殺せし、死にしは死にし。原因を探れど、死にし人は二度と生き返らぬ決まりなり。殺せしなれば生ける人間は後ろを見ず、落ち込まず、地を見ず、これからなることを、前を見、見据《す》え、考えるなり。

されど。

されど——散々ここまで、家族ゆえに、兄ゆえにと、感情的な理由を根拠に動きし感じを見せれど、現在、現状にて、我が考えしことと言えば、我が愚妹を見据えし怒りばかりなり。罵倒《ばとう》ばかりが、我が思考を支配せり。

我が愚妹、なんということをせし、なる怒り。

嘘なる小話なれば、家族が咎人《とがびと》となりし場合、それを身を挺《てい》して庇《かば》わんとす。愛情ゆえに、委細問わず、窮地より救わんとす。しかし今なる我に、さような気は微塵《みじん》とあらず。どこにかあらず。

我が現状、考えしは『愚妹が人を殺せし場合、賢兄《けんけい》が追い込まれし位置』ばかりなり——これはこれで、家族ゆえなる思想と言えなくなけり。

肉親が咎人となる。

今なる世界において、それが何を意味せんか、まさかわからぬわけではあるまいに（わからぬとさえしれぬが）、我が愚妹は、まことにすさまじきことをせし。

愚妹がすさまじき行為が、我が進路、我が就職に、いかなる影響を見せうるか、想像しえぬなり。されど影響ありしこと、間違いなし。

おそらく、家族ゆえなる愛情、絆《きずな》などとは違う角度から、我はかような事件を清算に導くことになるがごとし。

それが我が、現在追い込まれし位置であるらしく考えるなり。

■■

かようなる日、我は高校に行かず。屍骸を処理する『準備』に専念せり——といえど、我、大袈《おおげ》裟《さ》なる準備をせしわけではなし。高校に行けど、準備は容易に終わらん。されど、我には愚妹らしき神経はなし。人に会えば、家に屍骸がありしこと、顔色に出ずとは限らず。昼御飯を調理してみれど、まるで腹に入らぬことを考えれば、行かぬことは、よきことなり。

両親、帰りし日は明日《みょうにち》、土曜日なり。

それまでに——いわば今晩中に、かかる屍骸が件、終わらせるが吉なり。かかる覚悟が決まりし自主休校と言えり。

そして午後七時過ぎ、周囲かなり暗くなりし頃、我が愚妹、夜練《よるれん》より帰還せり。運動内容が何かは曖昧《あいまい》なれど、とかく真剣なり。同じ真剣なれば、人を殺さぬことに真剣であればいいとどよかれと、我考えるなり。

「今、帰りけり。あれ兄上、晩御飯はいかに？」

両親がいようといまいと、我が身帰りしときには晩御飯が用意されているが当然なりと考えているがごとき、我が愚妹なり。我、それを如何《いかが》と感じけり。

かかる調子にて、友人が屍骸を寝床が陰に隠せば、いずれいずれなる人が処理してくれりという思考、我が愚妹にあるいはありし——否、どちらにせよ、的外れとは言えず。

「話あり」

我、いきなり言えり。

裁判所ではなかりけり、なんら論理により、容疑を証《あか》すまですることなし。我が愚妹が洋間にて、屍骸を見けり、殺せしは汝《なんじ》なりと言えば十全なり。

否。

十全と考えしは我ばかりなり。

我が愚妹が愚かしさ、想像を超えり。

「兄上、許しなく我が寝床を探りしか!? 信じにくき人なり、いと低し!」

信じにくき人と言わんとせしは我なり。加えて、友人を殺せし愚妹に、いと低しと言われる筋合い、まるでなし。

我が愚妹、我を荒く罵倒すること、いと長し——我、それをなんとか我慢しけり。

愚妹と会話することいと久々なれど、内容、まるで喜ばしからず。

いとあどけなき頃、我が愚妹いと可愛《かわい》けれど——答案を寝床が陰に隠せし頃、いと可愛けれど、かかる人、同じ精神がまま歳をとれば、かようにすさまじくならん。

「何なることとあらん。兄上とて過去、飼いし鼠《ねずみ》死なせしとき、庭が地中に隠しけり」

「それは当然なる供養なり」

我言えり。せんなき会話と感じながら言えり。かような会話せしときが惜しかり
――されど、我用心し、愚妹を口説かんとせんときを大きく想定しけり。これにて計画が狂うことなし。

「寝床が陰とは。汝がかような箇所、母に似けり。母に貴重品を調度が陰に隠す癖あり」

そうはいえど、愚妹が場合、寝床が陰に隠せしは、我が身に悪ろき品ばかりなり。

「さて、なにゆえ殺しけり？　かかる屍骸、汝が友人なり」

いかようなれど構わぬことなれど、一応、我訊《き》けり。殺せし動機如何《いかん》によれば、計画を違《ちが》えん恐れあり、と我考えり。

「友人にあらず。仲よきばかりなり」

我が愚妹、意味がわからぬこと言えり。

否、あるいはそれが最近なる女子高生感覚なり。いずれにせよ、我にはよくわからず。

「喧嘩せし？」

し。

「喧嘩せず。我、怒りしばかりなり。何故なら――」

言いしあと、愚妹は喧嘩、にあらず、怒りし理由を滔々《とうとう》と言うなり。されど愚妹が言いしこと、我には理解及ばず。人を一人殺すに十全なる理由とは、まるで考えにくし。

これが男と女における感覚が違いか、あるいは二歳差による感覚が違いか、いと好奇心湧《わ》けど、今考えることではなし。

とにかく愚妹から自白、出でにけり。

我が国が決まりでは、自白ばかりでは証拠にならずと聞けり。されど家族間におきてはこれで十全なり。我が愚妹、嘘を言わざるは、顔を見れば明らかなことなり。

何が理由かはさておき、愚妹ならぬ人が愚妹が寝床が陰に、愚妹が友人が屍骸を入れし場合が想定できれど、かかる想定、愚妹が自白にて完全に消えにけり。

なれば、我、残念ながら、計画通りに動かざるを得ず。

「我、わかりけり。そういうことなり」

我はそう言い、愚妹が話――ならず、愚妹が言い訳を打ち切りにけり。余裕があれどなかれど、これ以上、意味なきときを過ごす理由はあらず。

「わ、わかりけりとは？　どうする気なり、兄上」

愚妹、気勢を削《そ》がれけり。戸惑いながら問うて来けり。ここにてうまくなき回答すれば、それを世間に言えぬよう、愚妹我を殺しかねんと考えしゆえ、かならぬ様子は意外なり。

「ま、まさか、既に捜査機関に言いにけり？」

「愚かなり。かようなこと、するはずがなし」

我言えり。心外と言わんばかりに——否、真相は言うまでに、心外なわけにはあらず。我、捜査機関に言わんか、迷いけり。

されど今は覚悟をすなる我なり。

仮に愚妹が自首せんとせば、それを阻止する意図さえあり。

「悪けれど、晩御飯を食せる時間はなし。参れ」

我、愚妹が手を引きて、二階に行くなり——当然、愚妹が洋間に行かんとす。先《せん》刻《こく》、いと低しと言われしばかりなるが、構わず我、扉に手をかけり。中に這《は》入《い》りけり。

「あ」

愚妹、声を上げり。

洋間が中央に鎮座せし、丸まりし褥《しとね》が視界に入りしゆえなり——丸まりし褥、縄らしき紐《ちゅう》子《し》にて縛られし褥なり。

褥が中に何がくるまれしかは、あえて言わず。

「運搬するなり」

「汝、帰りし前に、我、用意を済ませけり。さあ、運搬するなり」

「兄上、これは――」

「よきことなり。汝、あちら側を抱えるがよし」

「う、運搬するなり？」

我、愚妹を促せり。

一から事情を言わんとすれば、夜、明けり。

愚妹は、されど我に露見せしことで、おそらく今更ながら、ことが大きさを理解しけり。混乱しながら、しかし言われるがままに、丸まりし褥が端《はし》に手をかけるなり。くるまれし屍骸、どちらが足でどちらが頭《かしら》なりしか、我忘れしが、されどどちらにせよ、差あらず。

とにかく我と我が愚妹で屍骸を抱えて歩み、愚妹を上にして階下に降りるなり。そこでひと拍、休憩せり。死せる人間が身柄は、いと鈍重なり。

我、力があるわけではなきゆえ、まず一人では屍骸を運搬できず――ゆえにこそ、我考えし薄き計画は、愚妹が協力が所要となるなり。

そうでなければ、さして仲よきにあらぬ愚妹とする共同作業など、いと感じ悪ろし。

「階下に運搬せり……、如何《いか》にせん？」

されど、かかる愚妹、同じく息上がりし。

毎日朝練夜練しながら、えらく非力なり——否、あるいは練習を終えしあとゆえに、力、なくなりしか。

なれば、時間を消費すれど、晩御飯を食させておくがよからん——されど、今更計画変えようがなし。

「家《いえ》が地中に埋葬せんか？」

愚妹、軽口でそう言いしが、されどよき線をいきしなり——これは兄妹《けいまい》ゆえなる共感と言えり。

「埋葬は埋葬なり。されど家が地中にあらず、山林に埋葬するなり」

我は手短に言えり。

「これよりかかる屍骸を車で運搬し、山林に埋葬するなり。我、移植ごては既に用意せり」

「え？」

「埋葬せんとす山林は既にあり。いざ、急がん。休憩は終わりなり。そちら側を担《にな》え」

「さ、山林なりしか……、え？　されど兄上、車とは？」

「当然なり。我なれど、山林まで歩きうるはずがなし」

「さ、されど兄上、運転許可証を有せず」

「それこそが当然なり。ゆえによし」

今時は車を運転するに、運転許可証などいらず。さように自動操縦が操作性は優れけり。過去に我、何度か、密《ひそ》かに父が車を借りしことあり――事故なし、露見なしにて、我、庫入《こい》れを済ませにけり。

されど運転許可証を有せぬ高校生が車を運転するはずなきなる常識は、今回が場合、それなりに眩《くら》ましとなるはずなり。

兄妹《けいまい》がかりで屍骸を抱え、車が後ろに『褥』を入れり。今回は家内にあらず、わずかなときとはいえ、そして我らが敷地とはいえ、屍骸を抱えて外を歩くは、まことに緊張せり。

されど見る限り、運搬を見し人おらぬようなり、仮におれど、あえて言うことなし。関係なき人には、かかる褥がうちに屍骸ありし、などと想像しうるわけなし。家族ならばありえようが――我に更なる家族なし。

戸締り終わりけり。

我、我が愚妹が手を強引に引き、助手席に押し込みにけり。そして我は運転席に座りけり。父が調度より借りし車が鍵を、我、鍵穴に押し込みにけり。

音声案内は使用せず。

行きしことなき山林に行くゆえ、音声案内を使用するがよかれど、されど機械を使用すれば記録が残留しかねぬなり。我、我が愚妹に地図を握らせしが、されど当てにならぬと考えけり。

我、我が記憶ばかりに依りにけり。

されど運転にばかりは集中できず。

車が中にて、我、愚妹に言うことあり。

「よし。かかる友人とは、夜中に喧嘩になりけり。ゆえに家を飛び出でにけり。そういうことにするがよし。仮にいずれかに訊かれしときは——」

「え？　喧嘩せしこと、言いうる？　それならば、家に来ずと言うがよかれ——」

「否。多き嘘は悪ろし。屍骸が電話、屍骸が鞄は、我が捨てるなれば——」

などと、我、『今後にすなる行動』を愚妹に細かく指南するなり。さながら家庭教師がごとく。今、家庭教師が要《い》るは愚妹より我なるが……、とにかく、ここで依れる兄を演じるは、重要なことなり。

愚妹が我が言うことを聞かずば、困りしは我なり。

なにゆえ、愚妹が愚かしさを直さんに、我、我が愚妹が機嫌を取る真似をなすか、疑義はあれど、人生には諦念ありきなり。

二時間あまり車を走らせ、山林なり。

関所にかかる危険を冒《おか》せど、されど我、堂々としておれば露見するはずがなしと、そこは開き直りけり。

どうせよそに選びうる道などなし。仮に運転中ことが露見すれど、特に露見せぬ場合と言う差なしと我考えり。

いずこからか、助手席にてうとうとせしを揺り起こし、我、愚妹に移植ごてを握らせにけり。移植ごては二個、用意せり。

人間を埋葬しうる穴を準備するは、なまなかならず——屍骸が運搬と同じくらい、なまなかならず。

「否なり……こんな作業をさせん気あらば、着替えるがよしと存ずるなり。我が兄上、気が利かず」

口ではかく言いながら、我が愚妹、裏腹に素直に作業に入りけり。よき傾向なり。ここで兄妹《けいまい》喧嘩にならば、まるで話にならず。

「いかなる深度にせん？」

「見るに、六十六寸あらばよかれ。さて」

愚妹にばかり労働さすはいと感じ悪ろきなり。我はすぐに愚妹と並び、移植ごてで山地をえぐりけり。考えてみれば、我は地をいじるなる行為、至極久々なり。

幼児が頃、砂場で遊びし記憶が根源なり——否、かようなる深度が穴となれば、我が十八年間において、おそらくは最初なり。

最初なれば、よきえぐりなり。

我が穴、いとおかし。

時計を確認すれば、更に二時間が経過するなり――ときは既に零時を過ぎ、日、変わりけり。

朝までに、細かく言えば夜が明けぬる前までに帰る気なり。

犬と歩きし近所が翁《おきな》に、空《から》なる庫《こ》を見られてはいと困りけり――なにせ、我が両親が今、家を空けしことは、調査すればすぐわかることなり。

否、されど我、あまり心配せずというが、正直なる気なり。近所が庫が空なるを、近所が両親が留守なるを、かかることを気にする『近所が翁』はおらず。

ゆえにここで、我あえて、愚妹を急《せ》かさず。

我、ゆくりと休憩を挟みしあとに、

「よきときなり。屍骸を運搬す」

と言いにけり。

運搬すといえど、これはわずか数間《けん》なることなり。地をえぐる労力に比せば、あながち仕事と言わず。あえて我考えるに、あとにありし、地をならす作業がこそ、厭《いと》わしきなり。

「え？　褥、外すなりか？」

「しかり。なぜならば、万が一露見せしとき、褥より我らが家《いえ》が知られるおそれあり」

それにかかる褥、我が使用せし褥なり。かかる褥なければ、今日寝る折、我凍えん恐れあり。

「は、はあ……」

愚妹が色、いと消極的なり。我が身が殺せし友人が屍骸を、直視するが苦《にが》きか。されど我が言う論理、いとど通りしゆえ、愚妹、賛成しにけり。

紐子を外して現れし屍骸、我とて直視せんと希求せんわけにあらじ。我、屍骸を穴に落としけり。

「汝、別れを言うがよし。屍骸は汝が友人なり」

「え？　あ、あ、うん」

愚妹頷《うなず》き、穴がそばに座りけり。穴が底を見、しばらく迷いしあと、神妙なる口調で言うなり。

「ゆ、許すがよし――我汝を伺ら、殺すことなし。されど、されど」

かようなる期《ご》に及び、なお言い訳がましきこと言わんとする愚妹なり。されどあと、手にかけし友人に、いかなる言葉を掛けんとせしかは、永久なる謎になりにけり。

我が愚妹を、移植ごてにて殴り、愚妹が身柄、穴が中に落ちしゆえなり。仮にそれでなお愚妹、息ありしようであらば、我、再度愚妹を殴ることになりにけり――されど愚妹、わずかばかり動かず。かような気が疲労する作業は、生じず――即死なり。

「よし」

我は地をならす作業に入るなり。人間が屍骸を二個埋葬しうる穴として、深度六十六寸で丁度よかりけり――我、なんとなく、我が身が落ち度にて死なせし鼠を庭に埋葬せし折がことを考えれど、とにかくこれにて、我が将来は安寧《あんねい》なり。

万が一我が愚妹が殺しが知られど、死人に私人権なきと同様、死人が起訴されることなし。

何ら殺すことなしと、愚妹が言葉ではなけれど、我考えずにあらじ。されど、一度道を外れし人間は、二度三度と、容易に道を外るるなり。今回は隠し得る範囲内ゆえよかれど、次回がそうとは限らぬなり。なれば先に手を打ち終えるが最善手なり。

愚妹と友人を埋葬し終え、かかるあと我、空なる褥を車に入れ、山林より帰り道を運転せり――計画通り、夜明け前に帰りけり。

仮に我、家にて愚妹を殺し、愚妹と友人、二個なる屍骸を運搬し、運転し、埋葬しければ、まるでかくは行かず——そう考えながら、我は父が調度に車が鍵を返し、我が洋間が寝床で褥に丸まり、ようよう寝にけり。

■■

我起きしとき、既に昼過ぎなり。

母帰りけり。

昼御飯を我、調理せずとてよかれと安堵し、我は階下に降りにけり。

「よく帰りし。母上、いと疾《と》し。父上は如何に？」

「おらず。彼、おそらく遅くなりにけり。かかる子は如何に？」

母、我に愚妹が所在を訊くに、我、愚妹は友人といずこかに出かけりと、用意せし回答を返すなり。余計なること訊かるる前に空《す》き腹を言いけり。母、即座に調理場に行かれるなり。

なにせ我、ながらく何ら食せぬゆえ、母が調理せし料理を、かき込んで食すなり。妙《みょう》なる味を感じけるが、我、取り合わず。

「さて汝。汝、かかる子を殺ししか？　母子《ははこ》ゆえ、かようなること、顔を見ればわかるなり」

と。

「ごちそうさま」を言いしところで、母、我にそう言うなり。そして我、母に何か言わんとすれど、それすら叶わぬなり。

料理に毒が混じりけり。

調度が陰に隠されし我が屍骸を見し父が母を殺せる未来、ゆえに父が母が屍骸と我が屍骸をいずれかに埋葬せる未来を想像しながら——我は死に、我が母、人を殺しけり。

LV.2

ルール
The rule

①　最初に短編小説を
制限なく執筆。

②　五十音46字から、
くじ引きで10字ずつ、
4グループを準備する。

③　残った6字が、
自動的にフリーワードとなる！

④　②で選んだ10字を使用しないで、
①の短編小説をグループごと
4パターン、執筆する！

⑤　濁音・半濁音・拗音・促音は、
基本の音と同じ扱い。
音引きはその際の母音とする。

⑥　②の6字は、
どのパターンでも使用可。

×

禁断ワード

グループ A
う　く　け　こ　と
ね　ひ　ふ　や　ん

グループ B
い　し　す　そ　な
ぬ　へ　み　も　を

グループ C
あ　お　き　さ　は
ま　め　ゆ　よ　ら

グループ D
せ　た　つ　て　の
ほ　む　り　る　わ

○

フリーワード
え　か　ち　に　れ　ろ

ギャンブル『札束崩し』

■■

この世で一番大切なものは、確かにお金ではないのかもしれない——人はお金では幸せになれないのかもしれない。ただし、この世で一番不要で、もっとも人を不幸にするものが借金であることは、僕にとっては疑いようがない。

借金はつらい。

特に、ある一定額を超えた借金はつらい。

生きながら地獄に落ちたようなものだ——実際に地獄に落ちたほうがいくらかマシだと思えるほどに。

お金は寂しがりやであり、あるところに集まるというけれど、しかし、それに関して言えば、お金も借金も同じだった——借金は、借り入れは、あるところに集まる。

雪だるま式に増えていく。

僕の場合も、気が付いたときには手遅れだった。いつからか僕は、自分の借金がいくらあるのか、把握《はあく》できなくなっていた――問題を把握できなくなったとき、その問題は最終ステージにさしかかったと言えるそうだが、そういう風に言うならば、僕の人生はその時点で、最終ステージにさしかかっていたのかもしれない。

いや。

既《すで》に終わっていたのかも。

ただ何かの終わりは何かの始まりであるというのもまた世の習いだ――大金を手に入れても決して手の届かないものがあるのと同様に、多額の借金を背負うことで初めて、足を踏み入れられる世界があるのだった。

世界というか、僕の場合は小部屋だったが――とても、話に聞いていたような大勝負をする場所には見えなかったが。

しかし、らしいと言えばらしいのかもしれない。

少なくとも、僕は自分が、煌《きら》びやかなカジノで、華やかな勝負に興じられるような身分ではないことは自覚している――自分の借金が、いまや殺されても不思議ではない額にまで膨《ふく》れ上がっていることよりは、自覚している。

もっとも、小部屋と言っても警備は万全のようだった――外から内への侵入に対する警備ではなく、内から外への脱出に対する警備なのだろうが、とにかく、ドアのつくりは頑《かたく》なで、窓は最初からなかった。

部屋の中には大きめの卓《たく》と、椅子《いす》があるだけだった――これから麻雀《マージャン》でも始めるかのような雰囲気だったが、しかし麻雀卓にしては大きなテーブルだったし、椅子の数はふたつだった。麻雀ならば椅子はよっつ必要だろう。

これから何が始まるのか。

僕は知らない。

けれど、もしも僕の借金額に見合う何かが始まるのだとすれば、それが、僕がこれまで経験したこともないゲームであろうことは間違いなかった。

ゲームに命をかける。

漫画みたいな話だが、しかしそれはどんな大金を積んでもできる経験ではないだろう――借金を積み重ねない限り。

■■

小部屋にもうひとり、たぶん僕と同じくらいの借金を背負っているだろう人物が現れ、卓を挟《はさ》んで僕の正面に座ったところで、

「お待たせしました、お二方」

と、それをどこかから見ていたかのような、そんな放送が室内に響いた。

スピーカーは、そりゃあ壁の中にでも仕込めるだろうが、まるで監視カメラでも設置されているかのようなタイミングのよさだった――いや、超小型のそれであれば、カメラもスピーカー同様に、どこにでも仕込めるのか。

命をかけたゲームを見世物にされているかと思うと正直あまり気分はよくなかったが、しかし、いい気分を期待するほうが間違っている。見世物となることで借金がチャラになるチャンスが得られるというのならば、いくらでもショーの主役を演じようという気にもなる。

手前の男も同じ気分だろう。

いきなりの放送にも、動揺した様子はなかった――彼は、何事にも動じないというような、只者《ただもの》ではないオーラを滲《にじ》ませている。

だが気圧《けお》されてはならない。

この男に勝たなければ、僕は借金がチャラになるどころか、おそらく命を落とすことになる。そうはっきり明言されたわけではないけれど、たぶん、そういうことになる。

なに。

怯《おび》えるな。

彼が何者かは知らないけれど、こうしてここにいる以上、僕と同じ立場なのだ。

対等のはずである。

「プレイヤーAさん、プレイヤーBさん」

放送は言う。

プレイヤーA？　プレイヤーB？

随分《ずいぶん》と素《そ》っ気《け》無い表現だ——だがまあ、変に工夫した偽名をつけられるよりは、そちらのほうがマシか。

見れば僕の座っている椅子の肘掛《ひじか》けに、Aという記号が書かれていた——つまり僕がプレイヤーAであり、正面の彼がプレイヤーBらしい。

くだらないどんぐりの背比べかもしれないけれど、自分のほうが記号が先だということで、僕は彼より——プレイヤーBより一歩先んじたような気持ちになった。

「それではこれよりゲームのルールを説明したいと思います」

放送は言う。

合成音声で作ったかのような不自然な声だ——わざわざ合成音声で作る必要はないと思うので、これは演出かもしれない。

「これからお二方にプレイしていただくゲームは『札束崩し』。あらかじめ説明しました通り、ゲームの勝者には破格の賞金を支払わせていただきます」

敗者の処遇については語らない。

想像しろということだろうか。

だが僕は、自分が負けたときの処遇よりも、『札束崩し』という、聞きなれないゲーム名のほうが気にかかった。

「ご心配なさらなくとも、複雑なゲームではありません」

合成音声は、こちらの心中を読んだかのようなことを言う——淡々と説明を続ける。機械的なのは当たり前だが。

「本来は将棋《しょうぎ》の駒で行うゲームなのですが——それをお二方には、札束で行っていただくということです」

いつの間にか小部屋の中に、ディーラーのような服装をした人間がふたり、巨大なトランクを抱えて入ってきていた。音もなく、あんな分厚いドアを開けたのだろうか——信じられない、まるで忍者だ。重そうなトランクをたったふたりで軽々と抱えていることといい、個性が消えている、その風貌《ふうぼう》といい。

それにしても巨大なトランクだ。

まるでコンテナのようだ——と思っているうちに、ふたりの忍者ディーラーは、その中身をテーブルの上にぶちまけた。

さすがに驚いた。

その行為にではない——その行為の結果にだ。

そのトランクの中に収納されていたのは、大量の札束だったのである——帯封のほどこされた、一万円札の束。その札束が、テーブルの上に、山と積まれた。

将棋の駒で行うゲーム。

本来は。

なるほど、そういうことか——どんな鈍い人間でも、この、雑に積まれた札束の山を見ればぴんと来るだろう。

これは。

将棋崩しを札束で行うというゲームなのだ。

だから——札束崩し。

■■

「あえて説明をする必要はないとは思いますが——なにぶん、ローカルルールの多いゲームでございますし、勝敗の基準をはっきりさせておくべきとは存じますので、手短に」

放送は言う。

「プレイヤーは指一本で、その山より、百枚ずつ束にされた紙幣を、自分の側へと引き寄せてください――一度に引き寄せる札束の数は問いません。ひと束でも、十束でも。できると思いましたら、山ごと引き寄せても構いません」

できるか。

一度に引き寄せられる札束は、せいぜいふたつかみっつがやっとだろう――一万円札百枚とはいえ、帯封がほどこされただけの、あくまでも紙の束だ。将棋の駒とは違う。

「引き寄せるのに失敗したり、山が崩れたりすれば、ターンチェンジです」

逆に言うと、失敗さえしなければ、ずっと自分のターンを続けられるということか――ならば先攻が圧倒的に有利なゲームだ。

「最終的に山がなくなったら、ゲーム終了です――手元にある金額の多寡《たか》で、勝敗を決定します。当然、金額の多いほうの勝ちとなります。ちなみに、手元にある金額が、そのまま勝者に支払われる賞金となります」

借金が、ある一定額からは現実味がなくなるように――現金もまた、ある一定額からは現実味がなくなるものだが、しかし説明を聞いて、初めてその札束の山にリアリティが出てきた。

一億円……、では済むまい。

百万円の束が百束で一億円なのだから……、ぱっと見ただけでもその十倍、十億くらいはある。このすべてが手に入るわけではなくとも、単純にふたりで取り合うとして、半分は……。

確かに借金など消し飛ぶ。

いくら僕が、自分の借金額を把握していないといっても、借金が借金を連れてくるといっても、それでも個人で背負える借金の額には限界がある――五億に達しているわけがない。

もっとも、賞金を得られるのは勝った場合のみだ――負けた場合は、いくらゲーム中に札束をゲットしていたとしても、それは基準にしかならないのだろう。ゲーム終了後、返却しなければならない――残るのは借金だけだ。

人命は金では買えない。

というが、金で人命を奪うことはできるだろう――これから僕達は。

プレイヤーAとプレイヤーBは、殺し合いをするのだった――それも、将棋崩しをモチーフにした、子供じみたゲームで。

だが、僕はこの期《ご》に及んで、相手プレイヤーの命を慮《おもんぱか》るような善人ではなかった――もちろん、負けた場合の心配をするのでもなく、当然のごとく勝利した場合の、取り分を増やす方法だけを考えていた。

それでなんとか前向きな気分を保っていた。

仮にテーブルの上にある札束を十億円として、僕が五百一束——五億百万円ゲットし、プレイヤーBが四百九十九束——四億九千九百万円ゲットしたとしても、勝ちは勝ちだが、しかしどうせ勝つのであれば、もっと多くの賞金を手に入れたいと思うのが人情だ。

ゲームの性質上、十億すべてというのは事実上不可能であるとしても、七億、八億の勝ちを得る勝利は十分ありうるはずだ。

プレイヤーBも、同じことを考えているはずだ。

己の取り分を多くすることを。

つまりは僕に更なる借金を背負わせることを考えているはずだ——と、そこで僕は疑問を持つ。

引き分けの場合はどうするのだろう？

五億と五億、ぴったり分け合った場合は。

まさかその場合、両者ともに勝者というような、甘い規定が設けられているとは思えないが……、しかし、その件に関する説明はなかった。

主催者側は、引き分けなどありえないと思っているのだろうか……、確かに、可能性の低い話ではあるけれど。それとももともとより、札束の数は割り切れない奇数なのだろうか？

「それではゲームスタートです」

そう告げて放送は終わった。ふたりの忍者ディーラーも、いつの間にか姿を消していた——本当に忍者みたいだ。

ゲームの舞台を用意し、ルールも説明した——あとはプレイヤー同士、好きにやってくれというような態度だ。

まあ。

追い詰められて、追い詰められて、この小部屋にやってきた僕だ——そこまで手をかけてもらえると期待するほうが間違っている。それはプレイヤーBも同じだろう。躊躇している暇はない。誰かが、この小部屋でのギャンブルをショーとして観覧しているのだとすれば、さっさと始めなければ——ただ、先攻と後攻は、どう決めたものだろう？

できれば先攻を取りたいものだが……。

「これで決めますかね？」

いきなりプレイヤーBが言った。

今まで押し黙っていた彼は——山と積まれた札束のうち、最初から崩れていたひとつを、無造作に手に取った。

「こういう場合は、コイントスが常套《じょうとう》でしょう。ただし、先攻のほうがゲーム上優位なので、後攻になったプレイヤーに、ボーナスとしてこのひと束を進呈するということで」

札束を使っての『表か裏か《ヘッドオアテイル》』。

なんとも豪勢なコイントスだった。

■■

僕は表に賭け、そしてコイントスならぬペーパートスにおいてまず勝利した――先攻権をゲットしたのだ。代わりにまずは百万円が相手、プレイヤーBのポケットに納まったが、しかしそのくらいの損失、すぐに取り戻すことができる。最初から崩れている札束を集めるだけでも、一千万以上の額になるはずなのだから――ただ、不安はあった。少なくとも楽観的な気分にはなれなかった。

先攻後攻を決めるにあたって、札束を使うというのはまあいい――この場においては、ジャンケンで決めるよりもフェアだろう。お互い、小銭くらいは持っているかもしれないけれど、命と大金のかかった勝負で、相手の持っている道具など信用できるはずがない。

今、忍者ディーラーが持ってきたゲームの道具――札束で決めるという結論は、だから適当だ――しかしそれに際しての、彼の手際が、僕を不安にさせるのだった。

無造作に札束を扱う手際。

使いなれた携帯電話のように拾い上げ、サイコロのように投げた――果たして僕は、百万円の札束を、あんな風に放り投げられるだろうか？

僕と同じ境遇の借金持ちかと思っていたけれど、しかしプレイヤーBは、もしかして、百万円くらいなんとも思っていない大金持ちなのではないか――そう思うと、警戒レベルは上げざるを得ない。

これが、借金持ち同士のゲームというショーではなく、金持ちが借金持ちを甚振《いたぶ》るゲームというショーだったのだとすれば――まあ、金持ちだからゲームに強いという理屈はあるまいが、しかし、生活に余裕のある人間は、大胆にプレイできるだろう。

そして僕の経験上、将棋崩しは大胆さが肝要なゲームだと思う。

だが、考えていても仕方がない。

先攻プレイヤーである僕はまず、定石《じょうせき》通り、散らばった札束を集める――ひとさし指一本で。そう言えば放送では、一本と言うだけで、使う指を特に指定してはいなかったけれど……、まあ、ひとさし指でプレイするのが、一番プレイしやすいだろう。

さっき、札束をポケットに納めるというような比喩《ひゆ》を使ったけれど、実際には、集めた札束は、椅子の横に積んでいく形を取った。

相手から見える形で――つまり相手の現在額がわかる形でゲームをするべきだという話になったのだが、プレイヤーBとは違い、僕はこの、お金の無造作な扱いにははらする――小さいと言われるかもしれないが、動揺を隠しきれない。

お金で遊ぶという行為の背徳感が僕を苛《さいな》む――いや、それを言い出したら、たとえこのような札束崩しでなくっとも、ギャンブル自体、お金で遊ぶという、背徳感溢れる行為ではあるのだが。

プレイヤーBの椅子の横には、現在札束がひとつ。

そして僕の座る椅子の横には十二――そういう状況となったところで、テーブルに積まれた山の周囲から、個別に散らばっていた札束がなくなった。

ゲームはここからが本番である。

考えてみたが、抜いても山が崩れにくそうな札束から、順番にひとつずつ、指一本で抜いていくべきだろう――複数の札束を同時に動かすことはルールの範囲内だという説明はあったが、将棋の駒くらいの軽さのものならともかく、百万円の札束は、ひとつだけで〇・一キログラムほどあるはずだ。

ゲーム後半になって、いちかばちかの勝負に出なければならない局面も訪れるかもしれないが……、今はまだ、そういう状況ではない。

僕は慎重に、札束の山に指を伸ばす。

「ある登山家は『なぜ山に登るのか』と訊かれて、『そこに山があるからだ』、と発言したそうですが――」

いきなり、言った。

プレイヤーBが――僕に。

慌てて僕は伸ばしかけていた手を引く。

「その答よりも、その質問をした人のほうがすごいですよね。登山家に対して『なぜ山に登るのか』と訊くなんて――」

独り言のような発言だが、明らかに僕に向けて言っていた。返事を期待している風ではない――僕への揺さぶりのつもりだろうか。

だとすれば相手にするのは愚の骨頂だ。

ただでさえ、大金を目の前に浮き足立って、動揺している僕だ――これ以上、精神を乱されてたまるものか。

僕は彼を無視して、再び山に指を伸ばす。

落ち着け。

冷静になれ。

先攻を取った時点で、僕はかなり有利だということを忘れるな――現時点でも既に、比率として、12：1のリードをしているのだ。

「実際、どのくらいの額があるんでしょうね、この山――」

プレイヤーBの独白は続く。

僕は無言を貫く――ルールとして、プレイヤー同士の会話が禁じられていない以上、彼の独白を止められないけれど、しかし、無視されるというのもストレスになるはずである。

自分がゲームに参加できないまま、僕が札束を次々ゲットしていることも――それを見守るしかできないことも、ストレスになるはずだ。理屈では、将棋崩しがそういうゲームだとわかっていようと、人の感情は、そうそう制御できるものではないはずなのだから。

ただ、返事はしなくとも、考えてはしまう。

どうなのだろう。

さっきは概算で、十億円くらいと予測したけれど――さすがに十億円は多く見積もり過ぎたかもしれない。僕の椅子の横に積んだ、十二の札束の体積を見る限り……、五億以上は確実にあるだろうが、七億か八億と、下方修正すべきか？

それでも大金であることに違いない――いや、額はこの際、問題ではない。問題なのは、札束の数だ。札束の合計数がわかれば、いくつ取った時点で勝利が確定するかも、わかるのだが。

ゲームは最後のひと束まで行われるとはいえ、早いうちに勝利を確定させてしまえば、もはや得るものがなくなったプレイヤーBはその後の消化試合を投げ出すだろうから、より多くを得ることができそうだ——そんな計算を立てつつ、僕はまずは一番取りやすそうな札束に指を伸ばした。

■■

異変に気付くのは遅かった。もっと早く気付くべきだった——いや、僕の注意力では気付けなかっただろうが、しかし、もっと早く気付きたかった。

ゲームはもう中盤まで進行していた。

当然ながら、僕は何度目かのチャレンジで山を崩してしまい——手番はプレイヤーBに移り、彼はごく普通に、まずは崩れた札束へと指を伸ばし、ミスすることなくそのすべてをゲットした。

そして山本体へと手を伸ばし、同じように何度目かで失敗し、僕に手番を回す——そんなやりとりが繰り返された。

互いの椅子の横に、地べたに、多量の札束が積まれていく——今のところ、僕が大幅にリードしていたが、しかしそんな中、僕は気付いてしまったのだった。

札束に指を伸ばし。

その側面に触れたときの、触感である――違和感というには些細《ささい》かもしれないし、これまでは気のせいで済ませていたことである。

ぎざぎざ感、とでも言うのか。

いや、公的な銀行の帯封でまとめられているわけではないし、見た目からしても、ゲームで使われているのが通し番号の揃った新札ではないことは最初からわかっていたのだが――だから、こうして百枚ずつ束ねたところで、多少の乱れが生じることは必然だとは言えるのだが、しかしそれにしても、札束側面のぎざぎざ感は著しい。

違う。

束ねられ、一見、揃っているはずなのに、ぎざぎざ感がある風なのが、違和感なのだ。同じ大きさの紙をまとめてもこうはならない。

つまり。

紙幣の大きさが――揃っていない。

だから側面に触れたとき、ぎざぎざ感があるのだ――そしてその視点で観察すれば、更なる違和感に気付く。

ぎざぎざ感のある側面は、一方だけなのだ――側面の長いほうは、それなりに揃っている。だが、短いほうの側面はかなり乱れている。もちろん、揃えるときの揃え方によってはそういうこともありうるだろうが——僕はプレイヤーBを見る。

いつからか独白をやめている彼は、澄ました顔をしていた——ひょっとして、彼は最初からこのことに気付いていたのだろうか？

そうだ。

先攻後攻を決めるとき、彼は無造作に札束をひとつ手に取った——つまり、ゲームが始まる前の余裕のある状態で、彼は札束を両手で触って、検分できたということになる。そのとき、既に気付いていたとしても不思議ではない。

十分ありえる話だ。

だとすれば、これはとんでもない話だった——僕はおそろしい窮地に追いやられていた。この小部屋が既に窮地だが、まさか窮地の中で、更に窮地に追いやられるとは……。

大袈裟と思われるかもしれないが、これは、それほどに重大なことだった。まとめられている紙幣の大きさが違うということは——重大どころか、掛け値なく、致命的だった。

なぜなら。

紙幣の大きさが違うというのは——額面が違うということなのだから。

僕も詳しい数値までを覚えているわけじゃあないが、確か日本銀行券は、示されている額が大きいほど、紙幣そのもののサイズも大きくデザインされているのである。

縦の長さは統一されているが、横の長さが違う――千円札と一万円札では、確か、一センチほどの差があるはずだ。五千円札は、その間くらいだったか……。

つまり明らかだ。

この札束は――各種の紙幣を混ぜて作られている。一番上と一番下だけを一万円札で統一しているが、中身はまちまち、ランダムなのだ――千円札と五千円札、もちろん、一万円札も相当数、含まれているだろうが。

ああそうか、二千円札というのもあったな。

二千円札は五千円札より、横幅が二ミリ小さかったはずだ……だが、束になっている状態で、一センチならともかく、二ミリなんて差は視認できっこない。

そう言えば放送では、『百枚の紙幣』としか言っていなかった――これが百万円の束だというのは、僕の勝手な思い込みだった。

そしてその上で放送はこう言っていた――『手元にある金額の多寡で、勝敗を決定します』と。

そう。

札束の多寡ではない――金額の多寡だ。

札束ごとの額が違うのであれば、極論、百万円の札束と、上下一枚ずつだけが一万円札で残りがすべて千円札の札束とでは、同じひと束でも、百万ポイントと十一万八千ポイント、八十八万二千ポイントの得点差が生じることとなる。

だからこのゲーム――『札束崩し』においては、単純に取りやすい札束を取っていくのではなく、額が大きそうな――横から見たとき、乱れが少ない束から集めていかなければならないのだ。

将棋崩しで言えば、駒ごとにポイントを当て振っているようなものか――歩兵なら一点、飛車なら五点、王将なら十点という具合に。

それと違うのは、札束崩しにおいては、ぱっと見では札束ごとのポイントが区別できないということだ――僕は今まで無作為に札束を集めてしまったが、プレイヤーBが、もしも最初から気付いていたと言うのなら……。

今からでも取り返せるだろうか。

間に合うだろうか。

どちらにせよ、やるしかない……、今から勝負を、最初からやり直してもらえるはずもない。それに気付くかどうかも含めて、ゲームだったのだろうから。

僕は椅子の横の札束を見る。

これまでゲットしたポイント。

僕が勝者となった場合、得られる賞金だが――しかし、紙幣がランダムに混じっているとなると、その総額はかなり目減りしそうだと思った。

最悪でも借金を帳消しにできる額を得るためにも——ここは多少無理をしてでも、高額の札束に狙いを定めるしかないだろう。

僕は指を伸ばし、目を凝らす。

お金で遊ぶなんて、と思ったものだけれど、しかし、こんなにも真剣にお金を見つめるのは、生まれて初めてかもしれなかった——だが、それでも僕は、真剣になり足りなかったようだ。

一時間後。

つまり、ゲーム終了時。

最初のリードが手伝って、椅子の横に積まれた札束の数は、おそらく僕のほうが多かったけれど——そのほとんどは、ぎざぎざ感の激しい札束ばかりだった。

気付いてからは、側面のなめらかな札束を、無理して取ろうとして失敗し、崩したそれをプレイヤーBに奪われるという展開が続いた。

逆に、プレイヤーBは無理をせず、取れそうな札束がなくなれば、あえて側面の乱れた札束を崩し、僕に手番を回してきた——無理をしなければいけない僕に、山を崩させるために。

そして結果、プレイヤーBの横に積まれた札束は、比較的サイズの揃ったものばかりとなった——僕の敗北は明らかだった。

結局、札束の不揃いへの気付きの早さが、勝敗を決めたのだった。

「では、勝者を発表します」

放送が響いた。

「勝者、プレイヤーA——おめでとうございます。獲得賞金は——」

■■

それまでのクールな佇《たたず》まいはどこへやら、金切り声にも似た悲鳴をあげながら、ふたりの忍者ディーラーにプレイヤーBが小部屋から連れられて行ってのち、僕は、賞金として遺された、椅子の横の札束をひとつ、手に取る。

あえて、ぎざぎざ感の多いものを選んだ。

勝者として自分がコールされたことに、まず驚いた僕だが——しかし、その後に発表された獲得賞金の額にも、同じくらい驚いた。

その額が想像よりも多かったから。

ではない。

驚いたのはその額のキリのよさにだ——十万の位以下の数字は、すべてゼロだったのだ。千円札、二千円札、五千円札、一万円札の四種類がランダムに織り交ぜられていたなら、そんな偶然が起こりうるはずもない。

　つまり、用意された札束は——紙幣百枚は、すべて一万円札だったと考えるのが妥当である。

　だが、だとすればこのぎざぎざ感は……？

　僕は手に取った札束の帯封をほどき、その中身を確認する——予想通り、百枚すべて一万円札だった。ただしうち何十枚かの紙幣は、横の長さがカッターナイフで切り取られていた——最大で一センチほど。

　つまり。

　一万円札は、五千円札や二千円札、千円札に偽造されていたということだ——あくまでそのサイズだけだが。

　確か法律上、このくらいの損傷では紙幣の価値は下がらないはずだ——だからひと束、百万円の価値は変わらない。なのに勝手に思い違いをして、僕とプレイヤーBは、右往左往していたというわけだ。

　そんな右往左往を、ライブ中継で。

　ショーとして楽しまれていたわけだ。

　ゲーム中に帯封をほどいて中身を確認していればそれでわかったことだが……、僕とプレイヤーBは、どちらもその、当然すべきチェックを怠った。僕は焦りから、プレイヤーBは慢心から。

紙幣を故意に傷つける不敬を意識の外においてしまったと言っても言い訳にはなるまい。ギャンブルでは、カードのチェックは当然踏むべき手順なのだから。

お金に対する真剣さが――だから僕も、彼も、足りなかったのだろう。

そして皮肉にも、気付きの早かったプレイヤーBだけが、罰を受ける結果になったというわけだ――やはり僕と同じ境遇であったのだろう彼は、それでも僕よりは、真剣だったはずなのに。

「あの……」

考えた末、いや、大して考えなかった末、僕は、椅子の横の札束を指さして、言った。

しかし映像をご覧になっていた皆様のためにも、僕はこのショーに、オチをつけてさしあげなければならない――プレイヤーBの借金総額は知らないが。

「この賞金から僕の借金を引いて残りを全額……、彼の負債の支払いにあててください」

合成音声から返事があった。

お金をドブに捨てるようなものですよ、と。

僕は笑う。
お前達に言われたくねえっての。

LV.2 ギャンブル『札束崩し』

A 貨幣戯《たわむ》れ『札束雪崩《なだれ》』

禁断ワード うくけことねひふやん

■■

世界でいのいちに大切なものは、確かに『貨幣』ではないのかもしれない――我々は貨幣では幸せになれないのかもしれない。ただし、世界でいのいちにいらない、いのいちに我々を幸せにしないものが『借りた貨幣』であるのは、俺には自明である。『借りた貨幣』。

つらい――中でも、返せない『借りた貨幣』は、つらい。さながら生きながらヘルだ――実際のヘルより、更《さら》にヘルだって思える、リアルなヘルだ。

貨幣は寂《さみ》しがって、ある場所ばかりに集まるらしいが、しかし、それについて言えば、借りたそれでも同じだった――『借りた貨幣』も、借り入れも、ある場所ばかりに集まる。

雪だるま式に積み重なる。

俺の場合も、気が付いたら既《すで》に遅かった——俺は今、己《おのれ》の借り入れのサイズがわからない。何がわからないかわからない場合はかなりリスキーらしいが、それに乗っかって言えば、俺は今何もわからない、いのいちにリスキーなステージにいるのかもしれない。

否《いな》。

それより更にリスキーなステージかも。

ただ、リスキーなステージからのリスキーな道が、必ずしも次なるステージに続かないって決まりもない——大過の貨幣でも買えないものがあり、大過の借り入れを背負えばのみ、入れる世界があるのだ。

世界。

俺の場合、その世界は小さな板の間だったが——話に聞いていたデスマッチが、小さな板の間で？　しかしながら、それは、それらしさではあった。

まさか明るいカジノで、ヘルシーに遊べる俺ではあるまい——俺の今の借り入れが、夜道で襲われても仕方ないサイズであるのは、さすがに知っている。

それに、その『小さな板の間』の守りは、カジノより堅いかもしれなかった——外《がい》界《かい》から中への堅さではない、中から外界への堅さではあったが、いずれにせよその板の間の密室性は高かった。中から外界は望めない。

板の間の真中《まなか》には大きめの台、それに椅子《いす》があるのみだった――牌《はい》をつまむには大き過ぎる台で、椅子の数が半《なか》ばしかない。

いったい何が始まるのか。

俺は知らない。

しかし、もしも俺の借り入れに見合った何かが始まるのならば、それが未知のデスマッチであるのは間違いなかった。

命を秤《はかり》に載せたデスマッチ。

まるで映画みたいな話だが、しかしそれは貨幣を積めば遊べるデスマッチではない――貨幣を借り積まない限り。

■■

板の間に更に一名、推理するに、借り入れた貨幣が俺以下ではないに違いない若者が現れ、台を挟み、俺の向かいに座った。

「お揃いですか？」

室内に、いきなりメカニカルボイスが流れる。

そのメカニカルボイスの発声場所はわからないが、壁の中にでも機器があるのか？

しかし、時機を見透《みす》かした『発声』は、カメラの設置を思わせる。否、ミニサイズのそれであれば、カメラも壁の中に埋没《まいぼつ》させられるのか。

命を秤に載せたデスマッチを見世物にされるのは気持ち悪いが、しかし、気持ちよさを期待するのが間違っている。見世物になれば借り入れが消える機会が得られるのならば、ステージで笑いものになるのもまたよしだ。

手前の若者も同じに違いない。

いきなりのメカニカルボイスにも、彼は平静だった――若者からは、いつでも平静を保つ、只者《ただもの》ではないオーラが滲《にじ》み出ている。

だが、気合で押されてはならない。

彼に勝てないなら、俺の借り入れは消えない――むしろサイズが更に巨大になり、間違いなしに俺は死ぬ。はっきり言われてはないが、まず死ぬ。さすがにそれはわかる。わかりきっている。

だが、なに。

恐れるな。

彼が何者にしても、今俺の手前にいるからには、同じ立場のはずなのだ。

俺は彼で、彼は俺のはずなのだ。

「あああ様、いいいい様」

メカニカルボイスは言った。

あああ様？　いいい様？

いかにも場当たり的な名前だ——だがまあスタイリッシュな偽名よりは、わずかにマシか。見れば俺の座っている椅子に、『あああ』なる字が書かれていた——つまり俺が『あああ』であり、手前の彼が『いいい』らしい。

つまらない競い合いかもしれないが、俺が『あああ』で彼が『いいい』だから、一文字《いち》勝った気になった。

「それではデスマッチのシステムを説明します」

メカニカルボイスは言った。

機械でも、今はかなりナチュラルな発声ができるはずだが……、それっぽさを出すため、わざわざメカニカルにしているのかもしれない。

「今からあなた達がするデスマッチは『札束雪崩《さつたばなだれ》』。あらかじめ説明しておりますが、デスマッチに勝った側には、果てしない大枚をお支払いします」

勝てなかった側については語らない。

察しろ？

しかし俺が気にかかったのは勝てなかった場合の未来ではない。『札束雪崩』なる、その聞きなれない名前のみが気にかかった。

「お気を緩《ゆる》めて。『札束雪崩』はイージーなデスマッチですから」

メカニカルボイスは、俺の気持ちを見透かしたみたいな発声をする——機械的に発声する。メカニカルだから機械的なのは当たり前だが。

「あなた達も、マッチシステムのそもそもの形は知っているはずです——そのマッチシステムに、『札束雪崩』では、名前のままに札束をお使いいただきたいのです」

いつの間にか、板の間の中にディーラーみたいな衣類を着た者が二名、大きな物入れを抱えて入ってきていた。まるで、最初から板の間にいたみたいに、静かにいた……まるで乱破《らっぱ》だ。見るからに重い物入れをたった二名で軽々抱えているし、差別化の難しい、その見た目もまた乱破っぽい。

それにしても巨大な物入れだ。

まるで貨物だ——そして乱破ディーラーは、その貨物を台に、逆さに置いた。

さすがに俺は目を剝《む》いた。

乱破ディーラーが逆さにした貨物にではない、逆さにしたゆえに、撒《ま》かれた——台に積みあがった中身にだ。

物入れに入っていたのは、大挙の札束だったのである——紙の帯《たらし》が巻かれた、紙幣の束。その束が、屹立《きつりつ》、台に積まれたのだ。翼《つばさ》の
マッチシステムのそもそもの形。

そもそもの形。

なーる……、『あれ』を指しての『そもそも』かよ——長々説明されるより、直《じか》に見せられれば、まあ俺にでもわかる。

『札束雪崩』。

俺は、そして彼は——『あああ』は、そして『いいい』は、幼い時期に誰もが戯《たわむ》れた『あれ』を、今から、歩兵の代わりに札束を使って、戯れるのだった。

雪だるまの末の雪崩。

確かに俺には似つかわしい。

■■

「あえて説明をするまでもないですが——しかし、なにせ地域差によるズレもあるかもしれず、命のかかったデスマッチでもありますし、『札束雪崩』のシステムについて手短に」

メカニカルボイスは言った。

「あなた達には十指《じっし》のいずれかで、台に積まれた札束——百《もも》枚ずつ束にされた紙幣を、己の側へ持って行ってもらいます。一回に、一束《いちたば》でも十束《じったば》でも、好きな数です。

台の札束、すべて持って行ってもよいです」

　よいはずがない。

　十束《じったば》だって無理だ——一回に得られる札束は、みっつが精々だ。百枚《もも》集めても紙幣は紙幣、紙は紙。巻かれた帯《たらし》だって——紙。木ではない。

「失敗し、札束を倒したり、雪崩が起きたりしたら、次に札束に一指《いっし》を伸ばすのは相手側になります」

　つまりは、失敗しない限り、いつまでも札束に一指《いっし》を伸ばせるのか——ならば絶対、相手よりも先に始めたいデスマッチだった。

「台から札束がすべて消えたら、デスマッチは終わりです——それまでに得た手持ちの多いかたの勝ちです。ちなみに、勝ったかたには、デスマッチで得た札束がそのまま与えられます」

　借り入れは、一定サイズを過ぎればリアリティが消える——札束もまた、一定サイズを過ぎればリアリティが消えるものだが、しかし説明を聞いて、初めて、台の数え切れない札束がリアルになる——数え切れない札束を、数えたい気持ちが芽生える。

　翼の紙幣、百枚《もも》が百束《もも》——では済まない。

　その倍に、倍の倍の倍を足した辺りか——そのすべては手に入らないにしても、俺・彼の、二名で奇麗《きれい》に割ったら……。

確かに俺の借り入れは消える。

まあ、俺は己の借り入れのサイズを知らないって言っても、借り入れは借り入れがある場所に集まるって言っても、一名が抱えられる借り入れにはおのずから限りがある——『札束雪崩』で勝てば、消えないはずもない。

しかしながら、それは勝てばの話だ——勝てなかったら、デスマッチでいかに札束を手に入れても、それは一時的な話である。デスマッチが終われば、返すべき札束だ。その場合、一名では抱えきれない借り入れについては、既に返すあてはないにしても——

命は貨幣では買えない。

らしいが、命が貨幣で冒《おか》される場合はある——今から俺達は。

『あああ』『いいいい』は、札束を媒介に、媒体に、まさにデスマッチをするのだった——それも、幼い時期にするみたいな、イージーなシステムで。

だが、俺は今更相手の——『いいいい』の命を気にする、『いいモノ』ではなかった——そして、勝てなかった場合を気にする者でもない。むしろ勝った場合の、利益を増す手のみを気にしていた。

それでぎりぎり、前向きな気持ちを保っていた。

仮に台にある札束が十束《じったば》の百倍《ももばい》ならば、俺が半ば足す一束《いちたば》得、『いいいい』が半ばマイナス一束《いちたば》得たのだったら、それでも勝ちは勝ちだが、しかしいずれにせよ勝ちであれば、より多い札束を得たいのが当たり前だ。『札束雪崩』のシステムからすれば、すべての札束を得るのはまあ無理だが、それに近い形の勝ちはありえるはずだ。

『いいいい』も同じ姿勢で、『札束雪崩』に臨《のぞ》むはずだ。己の利益をより増したいはずだ――待てよ。

俺はそれで危疑を持つ。

きっちり半ばずつ札束を得た場合は『ああああ』『いいいい』の、いずれが勝ちだ？

札束の数が同じだった場合は。

まさかその場合は俺も勝ち、相手も勝ちみたいな、甘い規定？　まさか過ぎる……。しかし、それについての説明はなかった。

主催する側の見方では、半ばずつみたいな成績はない……？　確かに、奇跡さながらの事態ではあるが。あるいは、札束は割り切れない数なのかも。

「それでは『札束雪崩』――始め！」

メカニカルボイスは開始の合図をし、そして黙った――二名の乱破ディーラーの姿も、いつの間にかなかった。マジの乱破みたいだ。

ステージを揃え、システムを説明した——続きはお前達で好きにしろ、みたいなつれなさだ。

まあ。

追い詰められて、追い詰められて、今、『選ばれし椅子』に座っている俺だ——テイチョーな扱いを期待するのが間違っている。それは『いいいい』も同じに違いない。

迷っている余暇はない。誰かが、我々のデスマッチショーを観ているのならば、急いで始めるべきだ——ただ、先に札束に一指《いっし》を伸ばすのは、俺・『いいいい』、いずれにすべきか？

できれば俺が先に伸ばしたいが……。

「いい手がありますよ」

いきなり『いいいい』が言った。

今まで押し黙っていた彼は——積まれた札束から、最初から外れ、離れていた一束《いちたば》を、雑につかむ。

「デスマッチなら、『頭か尾か』で決めるのが『らしい』ですし。まあ俺もあなたも、先に一指《いっし》を伸ばしたいはずですから、ディス札束は、次手のボーナスにするシステムで」

札束を使っての『頭か尾か』。
華々しい手だった。

■■

紙幣での『頭か尾か』――俺は、表を期待した。そしてそのマッチでは、まず勝ちを収めた――俺が先に一指《いっし》を伸ばせる。その代わり『いいいい』は、まず一束《いちたば》、ボーナスの札束を手にしたが、しかしたかが一束《いちたば》、一手目ならぬ一指《いっし》目でリカバリできる。最初から雪崩《なだ》れている札束を集めるのみでも、十束《じったば》にはなるのだから――ただ、気がかりはあった。

まず、軽めには構えられない。

先に指す側を決めるにあたって、札束を使ったのはまあいい――確かにデスマッチにおいては、他に手もない。お互い、貨幣の一枚は持っていないでもなかったかもしれないが、命ないし大枚がかかったデスマッチで、相手の持ち物を気の迷いなしで使えるはずもない。

今、乱破ディーラーが持ってきたばかりの札束で決めるのは、だからナイスアイディアだ――しかしそれに際しての彼の手際が、俺の気がかりなのだった。

札束を雑につかむ彼の手際が。

札束をまるで己のスマホみたいにつかみ、ダイスみたいに使った——果たして俺は、翼の札束を、ああも気軽に扱えるか？

同じ立場の借り入れ者《もの》——それはもしかして思い違いで、彼は札束の一束《いちたば》ならものでもない、大物なのではないか。

ならば気を締《し》めざるを得ない。

『札束雪崩』が借り入れ者《もの》対借り入れ者《もの》のショーではない、大物の、借り入れ者苛《ものさいな》みショーだったのならば——まあ、大枚持ちだからデスマッチに強い理《り》もあるまいが、しかし、生活に幅のある者なら、思い切った姿勢でマッチに臨める。そして俺の読みでは、『札束雪崩』は、思い切りが大事なデスマッチだ。

だが、気がかりに停滞していても仕方がない。

先に一指《いっし》を伸ばせる俺は、まず予定のままに、台に散らばった札束から集める——メカニカルボイスに指定がなかったので、十指《じっし》のいずれを使ってもいいのだが、俺はまあ使いよい、母のそれを使った。

さっき、『札束を手にした』なる言い方をしたが、実際には、集めた札束は、椅子の脇《わき》に積む形にした。

相手から見える形で——つまり相手の得た札束の数がわかる形でデスマッチを進め

るべきだからなのだが、『いいいい』みたいにはいかず、俺はその、札束の雑な扱いにはらはらする――小さいかもしれないが、そわそわを抑えられない。

札束で戯れる罪の意識が俺を苛む――否、それを言い出したら、仮に『札束雪崩』でない戯れでも、稼ぎを得るためにする戯れ自体、かなり罪なのだが。

『いいいい』の椅子の脇の札束の数は、今、一。

そして俺の座る椅子の脇にはその倍の倍の倍に、倍の倍を足した札束――その札束差になった時機で、台に散らばっていた、離れの札束が消え去った。

デスマッチは今からが始まりだ。

思慮してみたが、抜いても雪崩が起きる恐れのない札束から、一束《いちたば》ずつ、一指《いっし》で抜きにかかるしかない――メカニカルボイスの説明によれば、一回に二束《にたば》でも寄せられるシステムだが、小さな歩兵ならまだしも、札束の重さは、十束《じったば》で一キロになるはずだ。

デスマッチの終わりあたりで、いちかばちかに出る場合もあるかもしれないが……、今はまだ、その時期ではない。

俺は、札束に一指《いっし》を伸ばす。すっ。

「世界一高い場所に『なぜ登るのか？』って訊かれて、世界一高い場所が『あるからだ』って述べたかたがいますが――」

いきなり言った。

『いいいい』が――俺に。

慌てて俺は、伸ばしていた一指《いっし》を逸らす。

「そのかたの意志もさすがですが、訊いたかたの意志も強いですよ。既に登ったかたに対して『なぜ登るのか？』って――」

思わず漏《も》れた思いみたいな発声だったが、明らかに俺への発声だった。俺からの返しを期待してはいないみたいだが……、俺を揺らしにかかっているのか？

ならば相手にすべきではない。

ただでさえ、大枚を目の前にはらはらそわそわしている俺だ――今より、気持ちを乱されてたまるものか。

俺は彼を無視して、『札束雪崩』を再開する。

落ち着いて、冷静になれ。

先に札束に一指《いっし》を伸ばしたのみでも、俺がかなり勝ちに近いのを忘れるな――『あああ』『いいいい』の札束の数は、今既に、かなりの差がついているのだ。

「台の札束って数えてみました？　俺はまだ数え切れてないです――」

『いいいい』の発声は、続き。

俺はそれに、無視を決める――システムで『あああ』『いいいい』の会話は、なしではないのだから、彼の発声は彼に任せるしかないが、しかし、無視されるのも、平気ではないはずだ。

己が『札束雪崩』に入れないまま、俺が札束を次々得ているのも――それを見守るしかないのも、平気ではないはずだ。理では『札束雪崩』はそれが定めだから当たり前なのだが、わかっていても、気持ちを制御できまい。

ただ、それは俺も同じで――無視はしても、思慮もせざるを得ない。

札束の数。

十束《じったば》の百倍《ももばい》――は、ないかもしれない。俺の椅子の脇に積まれる札束を見たのち、台の札束を見たら、その半ば以下ではないにしても、およそ、七か八？　なのか……。

それでも大枚であるには違いない――否、今はそれは、七でも八でも、二の次だ。いのいちは、札束の数そのものだ。台の札束の数がわかれば、勝ちの決まる束数《たばかず》がわかるのだが。

『札束雪崩』はラスイチの札束までであるが、しかしもしも俺がはかばかしい勝ちを決めれば、得るものがない、モチベの下がった『いいいい』は、続きのデスマッチを流すに違いないから、俺はより高い支払いを得られるはずだ――その期待も抱きつつ、俺はまずは、見る限り、雪崩れないっぽい札束に一指《いっし》を伸ばした。

■■

違和への気付きは遅かった。遅過ぎた——否、俺の思慮では今より先に気付きを得るのは無理だったが、しかしそれでも、わずかでも先に気付きたかった。

『札束雪崩』は既に半ばまで進み済みだ。

当たり前だが、俺は一指《いっし》を伸ばして、伸ばして、その末に、札束を雪崩れさせてしまい——次は『いいいい』が一指《いっし》を伸ばし、またも当たり前だが、雪崩れた札束からミスなしで、得ていった。

そして彼は続いて積まれた札束へ一指《いっし》を伸ばし、一指《いっし》を伸ばし、その末に、俺みたいにいつかは雪崩れさせてしまい、次は俺が一指《いっし》を伸ばす——彼が一指《いっし》を伸ばす——俺が一指《いっし》を伸ばす。その行き来が、半ばまで静かに続いた。

互いの椅子の脇に、地べたに、札束が積まれて積まれて——デスマッチ半ばの今、俺が大幅に『いいいい』を離していたが、しかしその中、俺は気付いてしまったのだった。

札束に一指《いっし》を伸ばし。

その厚みに触って、気付いた。

違和は言い過ぎかもしれないし、実際、今の今までは、気のせいで済ませていた話なのだが——触った厚みが、『ぎざぎざ』だった。

……ぎざぎざ？

札束の帯《たらし》は、デスマッチの主催側がしたものらしい。使われている紙幣が新しいそれでないのも最初から自明だった。だから、揃えた札がズレるのは、ままある話だが、しかしそれにしても、気付いてしまえばその『ぎざぎざ』は著しい。

……違った。

束にされ、見た目は揃っているはずなのに、ある『ぎざぎざ』が違和に思えるのだ——同じ大きさの紙をただ束にしたら、今俺が気付いたみたいな『ぎざぎざ』にはなりえない。

つまり。

紙幣の大きさが——揃っていない。

だから厚みに触ったら『ぎざぎざ』なのだ——そしてその見方をすれば、更なる違和、更なる気付きに行き当たる。

『ぎざぎざ』は、縦向きの、短い厚みにのみあるのだった——厚みの長い側は、それなりに揃っている。確かに、揃えた者の揃えかたによっては、ありえるかもしれないが——俺は『いいいい』を見る。

いつから黙って『札束雪崩』に臨む彼は、澄ました顔をしていた――まさか彼は、最初からそれに気付いていたのか？

ああ。

彼は『札束雪崩』の、先に一指《いっし》を伸ばす側を決める際、雑に一束《いちたば》、札束をその手につかみ――つまり、触っていた。『札束雪崩』が始まる前に、札束を諸手《もろて》で調べられたのだ。その際、既に気付いていたのかも……。

ありえる。

ならば、まずい事態だった――俺は恐ろしい立場に追い詰められていた。今いる板の間が既に恐ろしい立場なのだが、まさかその中で俺は、更なる恐ろしい立場に追い詰められるのか……。

恐れ過ぎかもしれない。

しかしその『ぎざぎざ』への気付きが『いいい』よりも遅かったのは、恐れ過ぎても恐れ足りない事態なのだった。

実際、致命的だった。

なぜなら。

紙幣の大きさが違ったら――即《すなわ》ち、価値が違っているのだから。

俺も正しい数の値を憶えてはいないのだが、確か我々が使っている紙幣は、価値が増せばサイズも増すはずなのだ。

縦の長さは一律だが、幅のサイズに違いがあり――それも些細《ささい》な違いではないのだ。名医の札・諭吉《ゆきち》の札では、目に見えて違った。その二枚の半ばに、作家の札があるイメージだったか……。

つまり明らかだ。

『札束雪崩』の札束は――多種の紙幣を混ぜている。表の二枚は翼の札で揃えているが、中身はまちまちに混ざっている――名医・作家、当たり前だが、諭吉もそれなりに混ざっているに違いないが……。

ああ、紫《むらさき》の札もあったな。

同じ作家だが、紫は燕《つばめ》の花より、わずかに小さかったはずだ……、だが、束の形で、見てわからないサイズの差は、触ってもわかるまい。

確かにメカニカルボイスの説明は『百枚《もも》ずつ束にされた紙幣』だった――翼が百枚《もも》ではない……、それは俺の思い違いだったのだ。

そして更に、メカニカルボイスは言っていた――『手持ちの多いかたの勝ち』。

『札束の多いかた』ではない――『手持ちの多いかた』だ。

札束が混ざりものなら、すべて諭吉の札束もあれば、表の二枚のみが諭吉で、中身がすべて名医の札束もあるのだから、同じ一束《いちたば》でも、かなりの差がある。『同じ』一《いち》束《たば》では、それは、既にない。

だから『札束雪崩』においては、得られる札束からただ得るのでは駄目だ。価値の大きい札束から——縦の厚みの乱れがマシめな束から集めるべきなのだ。ベースの戯れで言えば、八種それぞれに価値を設定するみたいなものか——『札束雪崩』においては、札束を見るのみでは、それぞれの札束の、『設定価値』がわからないのだが。

俺は今まで、思慮なしでただただ、雑に札束を集めてしまったが、『いいい』がもしも最初から、それに気付いていたならば……。

今からでも彼を追えるのか。

追いつきえるのか。

否、無理でも、今更、最初からリスタしてもらえるはずもない。『それに先に気付きえるか』もまた、デスマッチの中身だったに違いないのだから。

俺は椅子の脇の札束を見る。

今まで得た札束。

俺が勝った場合、得られる札束だが——しかし、紙幣が混ざりものならば、その値は今まで思っていたより、かなり目減りするはずだ。

最低でも抱えている借り入れに値する支払いを得るためにも——かなりの無理をし

てでも、値の大きい札束を得るべきだった。

俺は一指《いっし》を伸ばし、目を瞠《みは》る。

紙幣で戯れる罪の意識。

しかし、今みたいに紙幣に真面目《まじめ》に臨むのは、俺は初めてだったかもしれない――

だが、それでも俺は、真面目になりきれなかったらしい。

しばし経ち。

つまり戯れが終わり――『札束雪崩』が終わり。

最初の差が手伝って、椅子の脇に積まれた札束の数は、まず俺のが多かったが――

俺の札束はほぼ、『ぎざぎざ』のものばかりだった。

気付いてからは、縦の厚みのなだらかな札束に、無理をしてでも一指《いっし》を伸ばしたが、しかしミスばかりで、雪崩れたそれを『いいいい』にさらわれる流れが続いた。

対して『いいいい』は無理をせず、得られる札束がない場合は、厚みが乱れた札束をあえて雪崩れさせ、俺に回してきた――無理をせざるをえない俺に、札束を雪崩れさせるために。

そしてその末、『いいいい』の脇に積まれた札束は、まあサイズの揃ったものばかりになった――彼の勝ちは明らかだった。言わば札束の乱れた揃いへの気付きの時期が、彼の勝ちを決めたのだった。

「では、『札束雪崩』を終わります」

メカニカルボイスが言った。

「『あああ』様の勝ちです——素晴らしい。『あああ』様に支払われるのは——」

■■

それまでの平静な佇《たたず》まいはあっさり消え去り、惨《みじ》めに喚《わめ》きながら、二名の乱破ディーラーに『いいい』が板の間から連れていかれてのち、俺は、俺への支払いにあてられる、椅子の脇の札束を一束《いちたば》、手にする。

あえて、『ぎざぎざ』の強いものを、手に。

俺の勝ち？

それがまずわからなかったが——それよりわからなかったのは、そののちに続いた俺への支払いについてだった。

それが思ったより遥かに多かったから。

ではない。

わからなかったのは、そのキリのよさだ——下から零がむっつ揃った、キリのよさ。名医の札、紫の札、作家の札、諭吉の札の多種が織り交ざっていたなら、それは奇跡的なキリのよさだ。

だが、それが奇跡ではないならば——札束の紙幣は、紙幣百枚《もも》は、すべて翼の札であるはずだ。間違いない。

だが、ならば厚みの『ぎざぎざ』はいったい……？

俺は手にした札束の帯《たらし》を千切り、その中身を見る——しっかり、すべて翼の札だった。ただし、端がカッターで切られている翼の札が、それなりに混じっていた。

最大に切られた諭吉の札のサイズは、およそ名医の札だった。

つまり。

諭吉の札はカッターで切られ——作家の札、紫の札、名医の札に、揃えられていたのだ——揃えたゆえの『ぎざぎざ』だったのだ。

確か紙幣の価値はわずかな傷なら下がらないはずだ——だから一束《いちたば》の価値は、ぎざぎざでもなだらかでも変わらない。なのに俺も『いいいい』も、勝手に思い違いをして、札束を無意味にそれぞれ差別していたのだった。

その無意味な差別のショーを。

観られ、楽しまれていたのだった。

『札束雪崩』の最中《さなか》に帯《たらし》を千切って見ていれば、それでわかっていたのだが……、俺も『いいいい』も、愚かにもそれをサボった。俺は焦りから、『いいいい』は粋《いき》がりから。

わずかな傷なら価値が下がらないにしても、紙幣を破壊するのがそもそも、それで戯れるよりも重い忌みだから、意識外に置いてしまった。しかしそれが駄目だった。主催側が揃えた紙幣をまるで見もしないのは、あまりに平和だった。

貨幣に対する真面目さが――だから、俺も彼も、足りなかったのだ。

そして悲しむべきは、まだしも気付きが先だった『いいい』のみが、罰せられるその事態だった――大枚持ちでもなかった、俺が最初に思ったまま、俺みたいな立場だったらしい彼は、それでも俺よりは、真面目だったはずなのに。

「あの……」

迷った末、否、大して迷いもしなかった末、俺は、椅子の脇の札束を指して、言った。

『札束雪崩』を観てらした皆様のためにも、俺にはショーを奇麗に終わらせる義務があった――『いいい』の借り入れのサイズはしらないが。

「俺への支払いから、俺の借り入れを返した余りをすべて……、彼の借り入れの支払いにあててもらえますか」

メカニカルボイスが言った。

貨幣を溝《みぞ》に捨てるみたいなものですよ。

俺は笑った。
お前達に言われたかぁないっての。

B ギャンブル『札束崩落』

禁断ワード　いしすそなぬへみもを

■■

この世で極めて価値があるのは、むろん金だ——とは断言できねえ。金で幸福が買えれば苦労はねえ。ただ、この世で極めて不幸の種で、『無価値』があるのは、むろん、借りた金って奴だ。

借りた金はつれえ。

特に、限度より借りた金はつれえ。煉獄《れんごく》で焼かれるよりまだつれえ——火の車とか、火達磨《ひだるま》とか、まったく、うまく表現されてやがる。

お金は孤独が苦手で、あるところばかりに集まるのだが、ただ、この言葉には更に続きがあって、借りたお金だって、孤独が苦手で、あるところばかりに集まる——のだ。

火達磨が雪達磨のごとく。

増える。増えて増えて、増える。

俺の懐《ふところ》だって、気が付くときには手遅れだった。俺に己《おのれ》の借り額の多寡《たか》が把握《はあく》できてたのは、はるか過去のことだ。プロブレムは把握できてようやくプロブレムとわかるのだが、把握できねえ段に達せば、これはまたプロブレムって奴だろう。

ハードプロブレム——違う。

ハードどころか、エンドプロブレムだ。

ただ、終わりはただの終わりでは収まりにくく、新たに、次のワールドに続くのが世のありようだ。多額の金があったって百パー買えねえコンテンツがあるように、多額の金の借りでようやく、入園可能の遊園地があるのだった。

遊園地——むろん比喩《ひゆ》で、俺が連れて来られたのは、コンパクトルームだった。

全然、ビッグゲームの場っぽくねえコンパクトルームだが、『ぽくねえ』ゆえに——だろう。

ただせば俺は、己が煌《きら》びやかで豪華絢爛《けんらん》の賭場《とば》で、ゲームに参加できる立場だとは考えてねえ——己の借り額が、現下、殺されて当たり前の額に届くことと同様に……、同様より、考えてねえ。

まあ、コンパクトルームではあれ、ガードは万全のようだった——普通のガードと違って、くぐると二度と出られねえ、トラップのようだが。とにかくコンパクトルームの扉は堅牢《けんろう》で、窓は絶無だった。

ルームの中央には大きめのテーブルと、チェアがふたつあるだけだった——カードゲームの場だろうか？

違う……、カードゲームのプレーには、あのテーブルは過度に大きめだ。

ここでこれからプレーさせられるゲームのことは。

俺はまったく無知だった。

だけど、仮に俺の借り額に匹敵のゲームがプレーさせられるのだったら——俺の既知のゲームではねえのが当然だった。

己賭けのゲーム。

まるで漫画のようだけれど、けれどこれは多額の金が描《えが》ける漫画ではねえ——多額の借り額だけが描ける漫画である。

■■

コンパクトルームに更に一人、たぶん俺と同額ほどの借り額に乗られてるであろう男が現れ、テーブルの向こう、俺の前に着座。

席に着くや、機が窺《うかが》われてたかのように、

「おふたりちゃん、お待たせにゃー！」

と、どこかからの声がコンパクトルームに響く。どこか？　どこだ？　ルームのどこかに機器が隠されてあるのだろうか？　けれど、カメラがある風には……、まあ、カメラだって、超小型だったら隠せるか。

己賭けのゲームがカメラでコンテンツにされてることは、あまり喜びにくきことではあるが、このゲームに喜びがあると考えるほうが間違った心がけだ。コンテンツに出ることで借り額がチャラの希望が出るのだったら、コンテンツにだって番宣にだって、ありがたく出よう。

手前の男だって、覚悟は決まってるようだ。

突然の声に、動揺の風は絶無だ——彼は、沈着だった。彼の目は、まるで揺らぎのねえオーラに溢れてた。

だが気圧《けお》されては駄目だ。

この男に負けたら、俺は借り額がチャラどころか、たぶん殺される——はっきり宣言されたわけではねえが、きっと、殺される。

ふん。

だけど、怯《おび》えは厳禁だ。

彼が誰であろうと、このコンパクトルームでこの俺と向き合ってるからには、俺と同様の立場だ。ハンデはねえんだ。

「アルファちゃん、オメガちゃん！」

どこかからの声が続ける。

アルファちゃん？　オメガちゃん？

プレーネームがえらく適当だ――だがまあ、凝《こ》りに凝ったプレーネームより、適当のほうがまだアリか。

ふと確認。

俺のチェアの手置きに、α《アルファ》と彫《ほ》ってあった――つまり俺が『アルファちゃん』で、手前の彼が『オメガちゃん』のようだ。

くだらん背伸びっこのようだが、俺がアルファで彼がオメガ、俺のほうが記号が先であることが、優越感だった。

「んでは、ゲームのルール、セツメーの巻《まき》だよん！」

どこかからの声は、えらく聞きづれえ。

わざわざ聞きづらく作ってあるのか？

空気に合わせて、メカニカルに……。

「これからおふたりちゃんがプレーさせられるゲームは『札束崩落』だよ！　これは先にセツメー終わってることだろうけど、ゲームに勝ったら、豪華ビッグマネーが払われるよ！」

　ゲームに負けたら？

　語られねえってことは、語らねえってことか。

　だが俺は、己が負けたときのことより、『札束崩落』のほうが気にかかった――

『札束崩落』？　わからん……。

「ドントウォーリ！　『札束崩落』のルールは簡単だよん！」

　メカ声は、こちらの心の声に応えるように語る――淡々と続く『セツメー』。メカ声が『淡々』でねえほうがびっくりだが。

「本流は歩《ふ》や角や王とかの、駒でやるゲームだよ！　で、おふたりちゃんがプレーさせられるゲームでは、駒の代わりに札束が使われるってこと！」

　ふと気付くと、燕尾服の男がふたり、コンパクトルームの扉付近に立ってた。抱えたウエートのあるトランク。音ひとつ立てねえで、あの堅牢の扉から来たのだろうか？　本当かよ……まるで乱破《らっぱ》だ。明らかにウエートのあるトランクであるのにたったふたりで抱えてることや、『個』の消えた風貌に、更に乱破っぽさがある。

　……ウエートのあるトランク。

　まるで銀行の金庫のようだ――と考えてるうちに、ふたりの乱破燕尾によって、テーブルの上にぶちまけられるトランク。

びっくりだった。

ぶちまけたことにではねえ——ぶちまけられたトランクの内側に、びっくりだった。

たくさんの札。

たくさんの札束が、トランクに詰まってたのだ——まさに金庫だったのだ。帯の施《ほどこ》された、万札の束が——テーブルの上に、山と積まれた。

歩や角や王でやるゲーム。

本流は。

ほほう、わかった——まあ、全人間が、この、雑に積まれた札束の山でピンと来るだろうが。

札束の山で『かのゲーム』。

だから——『札束崩落』。

■■

「細けーセツメーの必要、ある？　まあ、ローカルルールが目立つゲームだから、勝ち負けの判断でのトラブル予防のために、ちょこっとだけ！」

メカ声が語る。

「プレーヤーは指先ひとつで、テーブルの山から、百ごと束にされた札に触ってね！　で、指先ひとつで身体《からだ》のほうに引っ張って、ゲット！　ひとターンに、引っ張る札束の量はお任せだにゃ！　ひと束だってふた束だって百束だって、できるんだったら、山ごと引っ張るのだってありあり！」

ねえだろ。

ひとターンに引ける札束は、まあまあ、よっつは無理ってところだろう――万札百と聞くと構えるが、これは帯が施されただけのパルプの束だ。駒ではねえんだ。

「引っ張るとき、エラーで山の崩落があったらターン終わり！　敵のターンだよ！」

逆に考えると、ノーエラーだったら、己のターンが永久《とわ》に続くってわけか……、これはえらく先攻有利のゲームである。

「テーブルの上から山が消えたらゲーム終わり！　終わりまでにゲットできたお金の多寡で、勝ち負けが決まるよ！　当然、お金が多かったほうの勝ち！　んでんで、ゲットできた札束全部が勝った人に払われる豪華ビッグマネーだから、頑張ってね！」

借り額が、どこかからリアル感と無縁であるように、現金だってどこかからリアル感と無縁だが――だが、この『セツメー』で、ようやくテーブルの上の札束の山が、リアル化された。

億……ではきかねえ。

万札百で百万円、百万円百束で億だ。テーブルの上に、ざっと千束はあるか？　だったら全部合わせた額は――むろん、全部が全部、ゲットできるわけがねえが、仮にプレーヤーふたりでキレーに分け合うと、半分は……。

これは本当に。

俺の借り額ごとき、吹き飛ぶ。

たとえ俺が、己の借り額がわからねえっつったって、借りたお金が借りたお金のあるところに集まるっつったって、ひとりが借り得る額には限度がある――五億に届くわけがねえ。

むろん、ビッグマネーが得られるのは勝ったときだけだ――負けたときは、ゲームでどれほど札束がゲットできたところで、ただの得点ってだけだろう。ゲームが終わったら、返せと要求されるに決まってる。

残るのは借り額だけだ。

人間は金では買えねえ――だけど、人間が金に殺されることは、往々だ。

これから俺達は。

『アルファちゃん』と『オメガちゃん』がさせられるのは――まごうことのねえ、殺《さつ》戮《りく》ゲームだった。

……だが、この期《ご》に及んで、『オメガちゃん』の今後が憂《うれ》えるほど、俺は善人ではねえ。むろん、負けたときが気がかりとか、更に違う。当然のごとく、勝ったときの取り分が増える方法だけ、考えた。

考えれば、どうにか俺は前向きであれた。

仮にテーブルの上にある札束が千束だったら、俺が五百束とひとつゲット、『オメガちゃん』が五百束引くひとつゲット、このリザルトで勝ちは勝ちだが……、だが、どうせ勝つのに、ぎりぎりで勝つ必要はねえ。ゆえに人間って奴だ。

ゲームのルールと照らせば、千束全部は無理だが、八割近くまでの勝ちだったら、きっと狙える。『オメガちゃん』だって、同様の腹だろう。

己の取り分は増えれば増えるほど幸福に決まって——と、考えたところで、俺は疑義に気付く。

リザルトが引き分けのときは？

五百と五百、ぴったりわけあったときは——まさか引き分けは『アルファちゃん』『オメガちゃん』、両方の勝ちとか、甘々のルールがあるとは考えられねえが……。

だけど、リザルトが引き分けだったときのルールに、メカ声はまったく触れねえ。引き分けはねえと踏んでるのか？　まあ、確率的には高くはねえ結果だか……割り切れねえのか？

「んでは、レッツ・プレー！」

メカ声は宣言後、黙った。

振り向くと、ふたりの乱破燕尾が、コンパクトルームから消えてる——本当に乱破のようだ。

ゲームの設備は整え、ルールの『セツメー』は終えた——あとはプレーヤーだけで適当にやってくれとばかりだった。

まあ。

あちこち追われた結果、このコンパクトルームにやってきた俺だ——お客さまのように、手厚く扱ってくれると考えるほうが無理がある。『オメガちゃん』だって、同様だ。

躊躇《ちゅうちょ》の暇はねえ。このコンパクトルームでのゲームは、コンテンツ的にご覧のかたがおられるのだ……、だったら、さっさとやらねえと……ただ、先攻と後攻は、どう決めようか？

先攻が取れれば有利だが……。

「これで決める？」

突然、『オメガちゃん』が俺に訊《き》く。

ここまで黙ってた彼は気軽に手に取った——手に取ったのは、札束の山の周りから、ぶちまけたときからはぐれてた、孤立札束のひとつ。

「この手のゲームは、硬貨の表裏《ひょうり》で決めるのが王道だよね。ただ、先攻有利のゲームだから、後攻プレーヤーはフォロー的に、このひと束がゲットできるってことで」

札束使って表裏選択。

豪気さにくらむ発案だった。

■■

俺は諭吉《ゆきち》の側に賭け、彼は鳳凰《ほうおう》の側に賭けた。

結果、俺が勝った――あくまで先攻後攻決めだけのゲームだが、とにかく勝った。

俺は先攻がゲットできたわけだ。代わりに表裏選択に使ったひと束が彼のポケットに納まったが、だけどひと束はひと束のこと、直後に取り返せる。テーブルの上の孤立札束ばかり集めただけで、千万超えは明らかだった――ただ、不安はあった。どうあれ、楽観的に構えられるわけがねえ。

先刻の彼の言動。

先攻後攻の決め方。

あの発案は、まあありだ――この場では、グーチョキパーで決めるより、よっぽどフェアだ。両方、小銭とかはあるだろうが、金と己がかかったゲームで、敵の道具が呑めるわけがねえ。

乱破燕尾が先刻運んできたゲームの道具——札束で決めるのは、だから適当だ。ただ俺には、表裏選択ゲームにおける、彼の手際が気がかりだった。

気軽に札束に触れる手際。

鉛筆のように拾って、ノートのように放《ほう》った——札束が、彼の手にかかれば、まるで文房具だった。俺に、札束と文房具が同様に扱えるだろうか？

彼には俺同様の借り額があると考えてたが……、だけど、『オメガちゃん』は、まさかだが、万札の札束ごとき鉛筆と等価のビリオネアでは——こう考えると、気がかりで当たり前だった。

『札束崩落』が同様の立場に立つふたりのゲームと違って、稼ぐ立場のひとりと借りる立場のひとりとが戦うゲームだったら——まあ、ビリオネアだからゲームに有利とは限らねえが、だけど日々に余裕がある人間は、同様に余裕のプレーができるだろう。……俺の考える限り、『札束崩落』は心の余裕が肝要のゲームだ。

だが、考えたって『無』さえ、得られねえ。

動かねえと。

先攻プレーヤーの俺はとにかく、普通に、孤立札束から集める——母指《ははゆび》ひとつで。

メカ声の『セツメー』だと『札束崩落』は、使うのはあくまで、『ひと指』だ。使う『ひと指』に限りはねえ——まあ、ただ、母指でのプレーが、普通に適切だろう。

先刻、『ポケットに納まった』とたとえたが、本当はゲームの獲得札束は、おのおののチェアの横に積む形に決めた。

敵の獲得量が確認できる形で——敵に獲得量が確認できる形でのプレーがフェアだと考えたわけだが、『オメガちゃん』とは違って、俺はこの、金の気軽めく置きかたにはらはらだった。殊更あまりにデリケートだが、心にあるのは動揺ばかりだ。

金が道具のゲームのプレーが、慚愧《ざんき》の念に堪《た》えねえ——まあ根本的に、ギャンブルは全部、金が道具の、慚愧の念に堪えねえゲームだが。

『オメガちゃん』のチェアの横には現下、札束がひとつ——俺のチェアの横には札束が十《とお》とふたつ。得点差がかようのところで、テーブルに積まれた山の周りから、孤立札束が全部消えた。

ゲームはここからが本番である。

考えたが……、引くと崩落が起こりかねん札束だけは避けて、ひとつひとつ取ってゆくのが適当だ。歩や角だったら軽めのウエートだから、ふたつまとめてだろうと動かせるだろうが、万札の札束は、ひとつだけでゼロコンマワンキログラムほどあるのだ。

ゲーム後半で破れかぶれの賭けに出ることはあるだろうが、現下ではまるで、不必要だ。

ごくりと、俺の指が札束の山に――

「ある登山家が、山に登る理由に『山があるからだ』と答えたようだけど――」

突然。

『オメガちゃん』が発言。

俺の指が止まる。止める――慌てて。

「答より、訊きのほうがぶっ飛びだよね。登山家に山に登る理由とか、普通、訊く？」

口調だけは独り言のようだったが、明らかに俺に向けての独り言だった。俺からの応えはどうやら不要のようだが――俺に向けた揺さぶりだろうか？

だったら、ここで揺れるのは愚の骨頂だ。

ただでさえ札束の山に揺れてる俺だ――揺れてる上に、揺らされてたまるか。

俺は敵に、目さえ向けねえ。

落ち着け。

レーセーにだ。

このゲーム、先攻の俺は滅茶苦茶有利だ――これは変わらねえ、揺るがねえことだ。現下の得点差だけで明らかだろう。

「まったく、どれほどの金額かねえ、この山――」

『オメガちゃん』の独白は続く。

俺は無言――プレーヤー間のトークがルールに反さねえんだから、彼の独白は止められねえが、だが彼にだって、俺の無言で圧力がかかるに決まってる。

己はゲームに参加できねえまま、俺の懐ばかりに札束が落とされてゆくのだ。この空気に耐えることが、圧力でねえわけがねえ――理屈では、『札束崩落』では、これが当たり前の空気だとわかってたところで、人間の感覚は、理屈通りにはできてねえ。

ただ、同様に――無言であることと、考えが無であることは違う。

無言ゆえに、より深く考える。

どうだろう。

さっきは適当に、札束の量は千束とか考えたが――千は大袈裟《おおげさ》だったか。俺のチェアの横に積んだ札束の大きさから……、八億ほどと、俺の考えは変えるほうが妥当か……？

むろん、八億だろうと高額であることに変わりはねえ――が、額はここでは、懸案ではねえ――札束の量がわかれば、どの段で勝ちが決まるかわかるのだ。

ゲームはテーブルの上から全部の札束が消えるまで続くが、早めに負けが決まったら、『オメガちゃん』が選ぶのは、のちのゲームの放棄だろうから、俺にはより高額の『豪華ビッグマネー』が払われる。

皮算用ではあったが——このように考えて俺はテーブルの山の、比較的安全と考えられる札束に、指で触れた。

■■

気付くのに遅れた。むろん、俺の能力では、これが限度だったのだろうが——気付けただけで僥倖《ぎょうこう》だったのだろうが、『気付くのに遅れた』と、落ち込まねえではられねえ。

ゲームは、はや中盤。

当然だが、俺は山に指で触り続けるうち、エラーに突き当たる。ターンは『オメガちゃん』に移り、彼はごく普通に、ノーエラーで、俺が崩落させた札束から集めたのだった。

続けて本丸に指で触れ、俺と同様に、プレーのうちに、避けようのねえエラーに突き当たり、俺に手番が返る——と、こう、ターンのやり取りが繰り返された。

おのおののチェアの横に、床に、多量の札束が積まれてゆく——現下のところ、俺は大幅に勝ち越せた局面だったが、だけどことここで、俺は気付くのだった。

テーブルの上の山。

札束横側の触り心地だった——気付くのに遅れた。また、気付く場面があったところで、錯覚で終わらせてきたことだったが。

ぎざぎざ感、と表現可能か。

むろん、公的銀行の帯でまとめられた札束ではねえ。ゲームで使われてる札が、番号が通ってるピン札でねえことは、ひと目でわかってたのだが——ゆえに、百ごと束ねたところで、札束の横側にちょっとのぎざぎざ感が生まれることは必然的だが、だが、このぎざぎざ感、ちょっとではねえ。

違う。

束ねられ、遠目には整ってるのに、ぎざぎざ感があるのが奇天烈《きてれつ》だった——大きさ共通の札だけまとめたところで、こうぎざぎざには……。

つまり。

札の大きさが——バラバラだ。

だから札束の横側に触れたとき、ぎざぎざ感があった。更に、俺の頼りねえ観察眼は気付く。ぎざぎざ感のある『横側』は、片方だけだった——横幅部分にはぎざぎざ感がねえのだ。縦の部分には、ぎざぎざ感がある——深くある。むろん、整えるとき、整えかたによれば、こう整うことだってあるだろうが——俺は『オメガちゃん』に向く。

どこかから黙った彼は、ごく普通の顔つきだった——が、さては彼はゼロの段から、このぎざぎざ感に気付……ああ。

表裏選択ゲーム。

あのときか。

あのとき彼は、気軽にひとつ、札束に触れた——つまり、ゲームのゼロの段、余裕のあるメンタルで、彼は札束に両手で触って、検分できたのだ。彼が気付ける場面は——あのときか。

……ありえる。

だが、仮にありえたら、これは危険どころではねえ局面だった——俺は恐怖の窮地に落ちてた。落とされてた。このコンパクトルームだって俺にとって明らかに窮地だが、まさか窮地で窮地に落とされるとは……。

これは大袈裟ではねえ。掛け値のねえピンチ——ピンチどころか、デッドエリアだった。

だって。

札束にまとめられた札の形が違ってる。これは、札の額面が違ってるから——だからだ。

ゆえにデッドエリアだ。

俺だってちゃんと暗記できてるわけではねえが、日本銀行券は、額面の大きさによって形の大きさだって変わるのだ——額が大きく変われば、形が大きく変わる。

縦の形は全札同様だが、横の形はまちまちだ——千円札と万札とでは、明らかに差がある。ひと目でわかるほどの。五千円札は、千円札と万札との中間ほどだったか……。

つまり明らかだ。

この札束は——様々に織り交ぜて作られてる。表面のふたつだけは万札に整えてるが、内側はばらばら、ランダムだった。千円札、五千円札——むろん、万札だって多々、含まれてるだろうが。

ああ……。

二千円札だってあるのか。

二千円札は、五千円札よりちょっとだけ、縮んだ形だったたっけ……、だが、千円札と万札の差だったらとにかく、札束にまとめられてると、二千円札と五千円札のちょっとの差がわかるわけがねえ。

俺の覚えてる限り、メカ声の『セツメー』は、『百ごと束にされた札』だった——『百万円』ではねえ。

更に『お金が多かったほうの勝ち！』と——『お金が多かったほう』。

札束の多寡ではねえ——金額の多寡だ。

札束ごとの額が違うのだったら、極論、百万円の札束と、表面のふたつの他が全部千円札の札束とでは、同様のひと束だろうと、結果、百万近くの得点差が生まれる。

だからこのゲーム——『札束崩落』では、取れる札束から取るのでは駄目だ。高得点の札束——横側のぎざぎざ感のねえ札束から取るのだ。

『角《かく》』は三点、『飛《ひ》』は五点と、駒ごとに点がある『ローカルルール』と考えればわかる——違うのは、『札束崩落』では、ひと目では、札束ごとの得点差がわからねえってところだ。俺はここまで、考えねえで札束に触れてきたが、表裏選択ゲームのときに、『オメガちゃん』が、ぎざぎざ感に気付けてたと考えると……。

これから取り返せるだろうか。

間に合うだろうか。

どちらにせよ、やるほかねえ……、これからゲームリセットとか、できるわけがねえんだ——ぎざぎざ感に気付くかどうかさえ、ゲームのうちだったのだろうから。

俺はチェアの横の札束に向く。

これまでの獲得額。

俺が勝ったとき、得られる額だが——だが、札がランダムだと考えると、トータルは当然減額されるだろう。

悪くて、借り額が消える額が得られるように——ここは無理だろうと、高額の札束ばかり狙うのだ。

立てる指。

矯《た》める目。

金が道具のゲームとは不道徳と考えたが——だが、ここまでガチで金に向かうのは、俺は生まれて初だろう——だが、たとえ初だろうと、俺のガチさは足りねえようだった。

時が経ち。

つまりゲームが終わり。

先手の得点差が手伝って、チェアの横に積まれた札束の量は、たぶん俺のほうが多かったけれど——うちほとんどは、ぎざぎざ感のある札束ばかりだった。

気付きがあってからは、横側の整った札束だけ狙う俺だったが、結果エラーが頻発。崩落後の札束は全部『オメガちゃん』に奪われた。

逆に『オメガちゃん』は無理に戦わねえ。取れる札束が消えれば、わざと横側がぎざぎざの札束に触れ、崩落させる。手番が回ってきた俺には——無理が必要だった。崩落させる無理が。

結果。

『オメガちゃん』の横に積まれた札束は、比較的形の整った札束ばかりだった——俺の負けは明らかだった。

結局、札束のぎざぎざ感に気付く早さに、勝ち負けがわけられたのだった。

「では、ゲーム結果の発表だよん！」

メカ声が響く。

「アルファちゃんの勝ち！　ぱちぱちぱちぱちぱち、おめでとう！　豪華ビッグマネー、獲得額は——」

■■

ゲーム中の余裕はどこにやら、喚き声ばかりあげつつ、ふたりの乱破燕尾に連れられて『オメガちゃん』がコンパクトルームから連れ出されてのち——俺の手は、チェアの横に積んだ札束——獲得額の『豪華ビッグマネー』のひとつに伸びた。

ぎざぎざ感のある札束に、だ。

俺の勝ちがコールされたことにびっくりだったが、だが、直後コールされた、俺の獲得額に、俺は同様にびっくりだった。

ビッグマネーが考えてたよりビッグだったから。

ではねえ。

額のキリのよさにびっくりだったのだ——六桁目まで、全部ゼロだった。千円札、二千円札、五千円札、万札の四札《よんさつ》がランダムに混ざってたら、こうは整わねえ。

偶然？　奇跡？　違う。

つまり——『札束崩落』の道具立ての札束は、百の札は、全部万札だったのだ。だが、だったらこのぎざぎざ感は……？

俺は手の内の札束の帯に触れ、破く。内側の確認……ああ、予感的中。まごうことねえ、全部万札だった……、ただ、うち結構の万札は横幅が、カッターで切り取られてた——明らかに。

明らかだったら、明らかだろう。

万札は、千円札や二千円札や五千円札の大きさにカットされ、他の札に作り変えられてたのだ——あくまで、大きさだけだが。

法律の上では、これほどのカットだったら、銀行券の価値は変わらねえ……、だのに俺と『オメガちゃん』は、このぎざぎざに右往左往だったわけだ。

むろん、俺達の右往左往は。

観客釘付けのコンテンツだっただろう。

ゲーム中、札束の帯にとらわれ、内側の確認に気が回……、違う。札は破くことが倫理的ファウルで、だから考えの――これだって違う。俺は焦りから、『オメガちゃん』は驕《おご》りから、怠っただけだ。ギャンブルでは、当然やる義務のある、確認だったのに。

金にガチの気分で――だから、俺だって、彼だって、結局、ゲーム気分、お遊戯半分だったのだ。

だから――まだガチ度が高かった、気付きの早かった『オメガちゃん』だけが罰されたのは、皮肉だ。やはり俺と同様の立場だっただろう彼は、けれど、俺よりはガチだっただろうに。

「あの……」

考えたのち――考え足りねえままに、俺は、チェアの横の札束に向き、ひとりごちる。独白――『オメガちゃん』がやってた、誰かに聞かせるための、独白。

ご覧のかたがたのために、このコンテンツには落ちが必要だった――『オメガちゃん』の借り額の規模は、わからねえけれど。

「豪華ビッグマネー引く俺の借り額。この答で払えるだけ払ってくれ――彼の借り額」
メカ声からの応答があった。
折角のお金、ドブに放っちゃうの？
俺は笑う。
ああ、お前達と同様に。

LV.2 ギャンブル『札束崩し』

C 賭け事『紙幣塔崩壊』

× 禁断ワード | あおきさはまめゆよら

■

世界で一等大切なものって、確かに『稼いだ金』じゃないのかもしれない。金と幸福——全然違うものなのかもしれない。ただし、世界で一等大切じゃないものこそ、確実に『借りた金』だ。

金の借り。

実に艱難辛苦《かんなんしんく》だ。

一線を越えた『借りた金』こそ地獄だ——現世の地獄だ。本物の地獄を超えた、業《ごう》の深い地獄。

何かとつるみたがり、友のいるところにのみ向かいたがるのが金だ。それが稼いだ金でも借りた金でも言えることなので、悲しくなる。もうスペースなんてないといっても、とにかく、借りた金も借りた金のいるところにのみ来たがるのだ。

僕のケースもそうだった。いつの頃か、自分の借りた総額が、いったい何円になるのか、言えなくなっていた僕だった。何が問題なのか言えなくなると、その問題のエンドポイントみたいだが、それで言うと、その時点で、人生のエンドポイントに到達していた僕なのかもしれない。

いや。

既にジ・エンドだったのかも。

ただ何かのエンドが何かの号砲という展開もないじゃないのが人の人生――多額の金を稼いでも決して手の届かない世界が現存するみたいに、多額の金を借りてこそ、手の届く世界も現存するのだった。

世界。

それが僕のケースだと、小部屋だった。

とても風聞《ふうぶん》で知ったみたいな、ビッグゲームをしそうな部屋に見えないけれど……、しかし、それでいいのかもしれない。むしろ、見えないほうがいいのかも。

少なくとも、僕が僕を、自分が豪華なカジノで、豪華なゲームを楽しむ身分だとか、そんなことを考えているわけもない――僕の借額が、もう命を失いかねない額に達していることを、忘れていない。

もっとも、小部屋といっても完全な警備だった――外に向けた警備じゃなく、内に向けた警備なのだろうが、とにかく、戸の作りが頑《かたく》なで、外界の見える構造じゃなかった。

部屋の中にただ――広い卓《たく》と、ふたつの椅子《いす》。

そこに座ってゲームをするのだろうが、いったい何をするのか、見当もつかない。

僕の知るどんなゲームも、ここでしそうな感じがしない。ムードが全然そぐわない。

何をするのか。

どんなゲームをするのか。

現時点じゃ、ちっともそれが見えないが――

けれど、もしも僕の借額に適うそれをプレイするのだとすると、僕がかつてプレイしたことのないゲームに違いない。

ゲームに命を賭ける。

コミックみたいなトピックだが、しかしそれがどんな額を積んでもし得ない経験なのも確かだった――借額を積むと別なのだが。

■■

小部屋にもうひとり、たぶん僕と同額程度の借り入れを抱えているだろう人物が見えたところで、

「それじゃ、ふたりとも」

と、それをどこかで見ていたかのごとく、そんな放送が室内に響いた。放送装置を壁の中にでも仕込んでいるのか？　しかし小部屋内を見れる監視装置など……、いや、小型のそれを、等しく壁の中に仕込んでいるのかも。

命を賭けたゲームが見世物となっているのだとすると素で不快だったが、しかし、楽しもうとするほうが筋違いだろう。見世物となることで、借額がなくなるチャンスをくれるのだ。むしろ進んで見世物となりたい。

目前に座る彼もそうなのだろう。

突然の放送にもぴくりともしない——何事にも動じない、只者《ただもの》じゃない感が滲《にじ》み出ている。

だが、怖がっちゃいけない。

彼に勝たないと、僕の借額を消せないどころか、たぶん命を失くすことになる。正確にそう言われたわけじゃないけれど、確実にそうなる。

ビビるな。

彼が何者だとしても、こうしてここにいるのだ——必然、僕と似た立ち位置の人物に違いない。

対等なのだ。

「ミスタ・プレイヤA、ミスタ・プレイヤB」

放送が言う。

プレイヤA？　プレイヤB？

随分《ずいぶん》と素っ気《そ》無い名付《け》けだ――だが、変に凝《こ》った名付けのほうが嫌なものか。

見ると、僕の座っている椅子の肘掛《ひじか》けに、Aと彫《ほ》っているじゃないか――すると、僕がプレイヤAで、彼がプレイヤBか。

意味のない比較だとわかっているけれど、AとB、自分のほうが上の文字なことが、僕をやや、得意にした。

「そろそろ、ゲームルールの開示です」

放送が言う。

いかにも合成したみたいな、電子じみた、不自然な声だ――ここで合成する必然が皆無だし、ゲームの舞台装置としての合成声かもしれない。

「ここでふたりにプレイしていただくゲームこそが『紙幣塔崩壊』。既に約束していることですが、ゲームに勝つと、高額のご褒美《ほうび》が受け取れる仕組みです」

勝てないとどうなるのか、それを開示するつもりじゃないみたいだ。想像しろと言うのだろうか。

だが、自分が勝てなかったケースのことじゃなく、『紙幣塔崩壊』という、謎のゲームタイトルのほうが、僕にとって怪訝《けげん》だった。

「そんなに警戒しなくとも、簡単なゲームです」

合成声が、こっちの心を見透《みす》かしたみたいなことを言う——淡々と言う。電子の声に怒りを抱いても仕方ないが。

「元々、歩兵や飛車を用いてプレイするゲームなのですが……、それをふたりに、帯《たい》封《ふう》紙幣でプレイしていただくのです」

小部屋の中に、突然、いた。

いかにも紳士然としたふたりの男性が——コンテナ大のボックスを抱えて、いた。

小部屋の無骨《ぶこつ》な戸を、すり抜けでもしたのか？　にわかに信じがたい、忍者みたいだ。コンテナ大のボックスを、たったふたりで抱えていることと言い——共に個性のない、その風貌《ふうぼう》と言い。

それにしても、ふたりが抱えるコンテナ大のボックスが意味深だが——そう考えていると、ふたりの忍者紳士が、その中身を卓の上に引っ繰り返した。

こりゃ、びっくりした。

その行為にじゃなくて——その中身に。

数えかねるほどの数の帯封《たいふう》紙幣——それが、ボックスの中身だったのだ。紙帯《したい》で包んだ、茶色の紙幣。そんな帯封《たいふう》紙幣を忍者紳士が、卓の上にこれでもかと積んだ。

歩兵や飛車でプレイするゲーム。

なるほど、『例のゲーム』のことか——となると、どんな鈍い人間でも、この、どんと作った帯封《たいふう》紙幣の塔を見ると、ぴんと来るだろう。和風ジェンガとも言える『例のゲーム』だ——それを、帯封《たいふう》紙幣でプレイしろというのだ。

それが——紙幣塔崩壊。

■■

「ルールについて、過度に解説しなくともいいかと。ただし、家々でルールがズレるケースも見えるゲームですので、『勝ち』についてのルールだけを、手短に」

合成声が言う。

「①《ワン》先攻プレイヤが一指《いっし》を用いてその紙幣塔を構成する部品、百ずつ帯封《たいふう》している紙幣を、自分の側へと引いて、獲得する——②《トゥ》一度に引く帯封《たいふう》紙幣の数について。ひとつでもふたつでもここのつでも——紙幣塔ごとでも、問わない」

問え。

一度に引ける帯封《たいふう》紙幣の数——一指《いっし》だと、せいぜいふたつがやっとだろう。茶色の紙幣と言えど、帯封《たいふう》しただけの、百の紙だ。飛車角じゃない。

「③《スリイ》ミスをして紙幣塔を崩すと、プレイ権交代」

となると、ミスがないと――引くのに成功し続けると、プレイ権が固定というルールなのか。そりゃ、随分と先攻に親切なルールだな……。

「④《ホウ》卓の上に、帯封《たいふう》紙幣がなくなった時点で、ゲームエンド――その時点の、双方の獲得した帯封《たいふう》紙幣を比較し、持ち金の額が上のほうが『勝ち』――そしてその獲得額、持ち金こそが、勝ったプレイヤへのご褒美となる」

借額が一定額を超えると現実感がなくなるがごとく――金も一定額を超えると現実感がなくなる。しかし解説を受け、遂に卓の上の紙幣塔に、現実感が出た。

紙幣塔を構成する帯封《たいふう》紙幣の数。

その数、百個や二百個じゃない。

千……？

だとすると、そのすべてを獲得し得なくとも、……ふたりで取りっこするとして、五百個の帯封《たいふう》紙幣を獲得すると……。

確かに、僕の借額など消し飛ぶ。

僕が自分の借額をもう言えないといっても、借額がつるみたがるといっても、それでも個人が抱え得る借額の限度を超えちゃいないだろう。その『ご褒美』で消し飛び得ないわけがない。

もっとも、勝たないと『ご褒美』なんてただの夢想だ――勝たないと、勝てないと、ゲームの中でどれだけ稼ごうと、帯封《たいふう》紙幣を獲得しても、それがゲーム後、全然意味を持たないのだ。ゲームエンドと同時に、返還することになる。そして借額だけが手元に残る。

人の命を金じゃ買えない。

と言うが、しかし、人の命を金で殺せないわけじゃない――なので僕達が。プレイヤAとプレイヤBが、互いを殺そうとゲームに向かう――それも、和風ジェンガを模したみたいな、子供じみたゲームに。

だが僕が、ここでプレイヤBの命を憂う善人なわけがない――もちろん、勝てなかったケースを憂うでもなく、当然のごとく、勝ったケースの『ご褒美』を増やす方法のみを考えていた。

それでなんとか戦意を保っていた。

仮に僕が、卓の上の紙幣塔、二等分と一個、獲得したとして――プレイヤBが二等分引く一個獲得したとしても、それでも僕の勝ちに違いないが……、『ご褒美』を増やしたいと考えると、その勝ちじゃやや物足りない。

ゲームの性質を見ると、紙幣塔すべての獲得を目論《もくろ》むわけにゃいかないが……、七割程度の勝ちを目論むのが当然の戦略だ。

プレイヤBも、同戦略で来るだろうが……。

と、そこで首を傾《かし》げる僕。

イーブンだったケース。

ふたりで、紙幣塔をぴったり二等分したケース――どうなる？　ふたりとも勝ち――なんて、スイートなルールになっているわけがないだろうけれど……、しかしその件に関する解説など、なかった。

開設者側として、イーブンなどないと踏んでいるのだろうか……、確かに、可能性の低い展開なのだが。それともこれ、割れない紙幣塔なのだろうか？

「それじゃ、ゲーム開始です」

そう告げて、放送が沈黙した。ふたりの忍者紳士も、いつの頃か、姿を消していた――本当に忍者みたいだ。

ゲームの舞台を揃えた、ルールも解説した――この後《のち》、プレイヤだけで勝手にやってくれという感じの態度だった。

ふん。

借り入れに借り入れを繰り返し、この小部屋に辿《たど》り着いた僕だ――僕とプレイヤBだ。元々、手のかかった歓待を望むほうが筋違いなのだがな。

立ち尽くしている時間がない。誰かが、この小部屋でのゲームを見世物として楽しんでいるのだとすると、迅速《じんそく》に進行しないと——ただ、先攻・後攻をどう決定したものだろう？

そりゃ、先攻を取りたいものだが……。

「これで決定してみる？」

突然、プレイヤBが言った。

ずっと沈黙していた彼が——塔のごとく積んだ帯封《たいふう》紙幣のうち、既に崩れていたひとつを、軽く手に取った。

「こういうゲームだし、コイントスがいかにもっぽいじゃん。でもでも、これって先攻のほうが得なゲームだし、後攻になったプレイヤに、特別にこの帯封《たいふう》紙幣を進呈するって感じで」

帯封《たいふう》紙幣を使ってのコイントス。

なんとも豪奢《ごうしゃ》なトスだった。

■■

僕が人物側に賭け、そしてコイントス——もとい、紙幣トスで、勝ちを得た——先攻権をゲットしたのだ。代わりに、同時にひとつ、帯封《たいふう》紙幣がプレイヤBのポッケにインしたが、しかしその程度の損失、すぐに取り返せるだろう。既に崩れている帯封《たいふう》紙幣を総取りするだけでも、相当の額になるのだし——ただ、全然怖がっていないと言うと嘘になる。少なくとも、ポジティブな姿勢でゲームに臨んでいないのが僕の現実だ。

先攻・後攻を決定するのに、帯封《たいふう》紙幣を使うという方法を否定するわけじゃない——この小部屋じゃ、ジャンケンの他に、それしか方法がないとも言える。互いに小銭程度、持っているかもしれないけれど、命と多額の金がかかったゲームで、互いの持つ道具を信じれるわけがない。

つい先刻、忍者紳士が持ち込んだゲームの道具——帯封《たいふう》紙幣で決定するという結論こそ、もっとも納得のそれだ——しかし、その紙幣トスをする彼の軽快感が、僕に警戒感を抱かせる。

高額の帯封《たいふう》紙幣を、使い慣れた携帯電話みたいに軽く取り——そして、ダイスみたいに軽く投げた、プレイヤB。

帯封《たいふう》紙幣にそんな風に軽く接することが、僕に可能だろうか？

僕と似た立ち位置の借額持ちだと考えていたけれど、しかしプレイヤBが、もしかして、帯封《たいふう》紙幣のひとつ程度、なんとも感じないほどの金持ちなんじゃないか——そう考えると、彼への警戒感が増える一方だ。

これが、借額持ち同士のゲームという見世物じゃなくて、金持ちが借額持ちを甚振《いたぶ》るゲームという見世物だったのだとすると——いや、金持ちだとゲームに秀でるという理屈なんてないけれど、しかし、種銭《たねせん》に弛《たる》みを持つ人間だと、大胆なプレイが可能だろう。そして僕の経験で言うと、『紙幣塔崩壊』こそ、大胆な姿勢が肝心なゲームだろう。

だが、考えていても仕方がない。

とにかく変わったことをせず、崩れている帯封《たいふう》紙幣の獲得を目論む、先攻プレイヤの僕——一指《いっし》で。『一指《いっし》』と言っただけで、合成声も別に使う一指《いっし》の指定をしていないが、そこでも変わったことをせず、一等使いやすい一指《いっし》を使う僕だった。

先刻、『ポッケにイン』なんてたとえを使ったが、現実じゃ、獲得した帯封《たいふう》紙幣を椅子の隣に積むという形を取った。

互いの取った数がわかる形だ。

もっとも、プレイヤBと違って、この、高額紙幣を地べたに積むこと自体に、びくびくする僕だった——ちっちゃいと言われるかもしれないが、それでも動じずにいれない。

金を道具にゲームをする行為の不敬な感じに、心が痛むとでも言うのか——いや、それを言い出すと、たとえこんな『紙幣塔崩壊』でなくっとも、賭け事そのものが、金を道具にした、不敬な行為なのだけれど。

プレイヤBの座る椅子の隣に、帯封《たいふう》紙幣がひとつ。

僕の座る椅子の隣に六セットがふたつ――そういう対比になったところで、卓の上の、独立していた帯封《たいふう》紙幣がなくなった。

卓の上に、紙幣塔だけが残り――ここで遂に、ゲームが本格化する。

考えてみたが、抜いても塔が崩れにくそうなところを段々とひとつずつ、一指《いっし》で抜いていくしかないだろう――複数の帯封《たいふう》紙幣を同時に動かしてもいいルールだが、飛車角程度の軽いものだとそれも可能だろうが、紙幣×百《かける》だと、ひとつだけでも○・○○一トンほどになる。

ゲームたけなわになって、破れかぶれの賭けに出ないといけないケースに遭遇《そうぐう》することもないじゃないだろうが……、現時点じゃ、そんな賭けに出る意味がない。

そう理解しつつ、一指《いっし》を紙幣塔に近付ける僕。

「先人問われて答えていわく、登るモチべって『そこに現存するので』だそうだけど――」

突然、言った。

プレイヤBが――僕に。

びっくりして、手を引く僕。

「答えた先人もすごいけど、問うた人のほうがすごいね、この逸話。プロに対してモチベなんて、普通問えないっての」

独《ひと》り言《ごと》みたいな口振りだが、どう考えても僕に言っていた。返事を望んでいる風じゃないが——僕への牽制《けんせい》のつもりだろうか。

だとすると、シカトするのが賢い。

そうでなくとも、高額紙幣の塔に既に心乱れている僕なのだ——この上、もっと乱れると、プレイの一指《いっし》が震えかねない。

彼を無視して、再び塔に一指《いっし》を近付ける僕。

冷静になれ。

沈着になれ。

先攻を取った時点で、僕がかなり勝ちに近いということを忘れるな——現時点でも既にかなりのリードをしているのだ。

「現実問題、どの程度の額なんだろ、この紙幣塔——」

続く、プレイヤBの独り言。

僕の無言も続く——ルールとして、プレイヤ同士の会話がタブーじゃないので、彼を静かにする方法なんてないのだが、しかし、独り言に対する無視も、同程度のストレスになるだろう。

自分がゲームに加われないのに、僕が続々と帯封《たいふう》紙幣をゲットしていることも――それを見ているしかないことも、ストレスになるに違いない。理屈じゃこれがそういうゲームだとわかっていても、度しにくいのが人の心だ。

ただ、無視していても、彼の独り言を受け、僕の思考が動く――どうだろう。

先刻、なんとなく、帯封《たいふう》紙幣の数を千と見たが――やや盛った数字だったかもしれない。僕の椅子の隣に積んだ、六セットふたつの帯封《たいふう》紙幣との比率で見ると……、五百を超えるにしても、七百か、その程度の数だと下方に正すとするか？

それでも多額なことに変わりないけれど――いや、現時点じゃ額なんて、そんなに問題じゃないのだ。帯封《たいふう》紙幣の数こそが現時点の問題なのだ。帯封《たいふう》紙幣の総数がわかると、いくつ取った時点で勝ちが確定するのかもわかるのだが。

卓の上に何もなくなるとゲームエンドと言っても、スピーディに勝ちを確定すると、もう得るもののないプレイヤBがその後の無意味なプレイを投げ出すだろうので、もっと多額の『ご褒美』を得ることが可能になる――そんな戦略を立てつつ、今度こそ、一等取りやすそうな帯封《たいふう》紙幣に一指《いっし》を近付ける僕だった。

■■

異変を感じ損ねた。いや、感じたのだが、しかしもっと前段階《ぜんだんかい》で感じたかった――と言っても、僕の感覚じゃ、ここで感じただけでも大したものなのだが。

着々と進行し、ゲームもたけなわな『紙幣塔崩壊』。

当然だが、プレイし続けるうちに、僕が紙幣塔を崩して――一指《いっし》の権利がプレイヤBに移った。彼のプレイも僕と似た感じで、崩れた帯封《たいふう》紙幣を丁寧に取り、ミスなくすべてをゲットした。

そして続けて紙幣塔本体へと一指《いっし》を近付け、これも僕と似た感じで、プレイを続けるうちにいつしか塔を崩し――一指《いっし》の権利を僕に戻した。

そんなやり取りがリフレイン。

互いの椅子の隣に、地べたに、どんどん帯封《たいふう》紙幣を積んでいく――そして現時点で僕がプレイヤBにかなりのリードをつけていたが、しかしそんな中、そこに至って遂に、異変を感じたのだった。

帯封《たいふう》紙幣に一指《いっし》で触れ。

その立体側に触れ――感じた。

違和感というと過大かもしれないし、ゲームの中一貫して、無視していた感覚だが。

でこぼこ感、とでも言うのか。

いや、『紙幣塔崩壊』の道具立ての帯封《たいふう》紙幣がすべて、使い古しのそれだということ自体が、わかってなかったわけじゃない――帯封《たいふう》も自家製のものだとわかっていた。こうして百ずつセットにしても、揃えに少しの乱れが出て当然だ……当然だが、しかしそれにしても、そのでこぼこの著《いちじる》しい感じ。

違う。

セットに揃えて、整えているのに、触れるとでこぼこ感なのが違和感なのだ――同型《どうけい》の紙を揃えたところで、こうなるか……？

となると。

紙幣の形が――違うのだ。

揃っていない。

揃っていないと、帯封《たいふう》紙幣の立体側にでこぼこ感が出るわけだ――そしてその視点で見ると、もっと露骨な違和感が覗く。

立体側のでこぼこ感が、帯封《たいふう》紙幣の長い側と短い側、片方だけに出ているのだ――立体の長い側がそれなりに揃っていて、立体の短い側がかなり乱れている。もちろん、揃え方で、そういう揃い方をすることもなくないのだろうが――プレイヤBを見る僕。

もう独り言を言っていない彼が、何食わぬ素振りをしていた――もしかして彼にとって、公然だったのだろうか？　そのでこぼこ感――そうだ。

先攻・後攻の決定時、軽く帯封《たいふう》紙幣を手に取った時点で――ゲーム以前の、僕が臨戦態勢になる以前のシーンで、彼がその帯封《たいふう》紙幣を諸手《もろて》で検分し得たという事実。

そこでわかっていたとしても、不自然じゃない。

なんてことだ、こんなとんでもないことになっているなんて――掛け値なく大ピンチだった。この小部屋にいる時点で既に大ピンチなのだが、その大ピンチの中で、もっと大ピンチになるのか……。

神経質と言われるかもしれないが、しかしどころか、無神経な僕だったと言える。セットに揃えている紙幣の形が違うというのが、どれほど致死のミスか、筆舌《ひつぜつ》に尽くしがたい。

それでも筆舌を尽くすと、こうなる。

紙幣の形が違うと――紙幣の価値が違うのだ、と。

僕も詳しいわけじゃないが、確か日本の紙幣って、持つその価値の額に比例して、紙幣そのものの形も変化するので――紺色の紙幣が一等ちっちゃく、のちに菫色《すみれいろ》の紙幣、茶色の紙幣と続くのだ。

縦のセンチが統一済みだが、そうじゃないほうが――紺色と茶色で、一センチほど違う。菫色の紙幣が、紺と茶の間《かん》にいる感じか。

となると、こういうことだ。

この帯封《たいふう》紙幣──全紙幣を混合して作っているのだ。一等上と一等下のふたつだけ、茶色の紙幣で揃えているが、中身が散り散り、乱れ乱れなのだ──紺色の紙幣、菫色の紙幣、もちろん、茶色の紙幣もそれなりに入れているだろうが。

それで言うと、薄茶色の紙幣というのも混合しているのかも……、薄茶色の紙幣と菫色の紙幣の形が、相当近くなっていて、わずかに薄茶色の紙幣がちっちゃい……ただ、そんな『わずか』、帯封《たいふう》紙幣の形でわかるわけもない。茶色と紺色の違いで、やっとわかるか……。

そう考えると例の合成声、『百ずつ帯封《たいふう》している紙幣』としか言っていない。茶色の紙幣が百だなんて、僕の勝手な勘違いだった。

そしてその上で合成声が言っていたのが、『勝ち』を決定するルール──『④卓《ホウ》の上に、帯封《たいふう》紙幣がなくなった時点で、ゲームエンド──その時点の、双方の獲得した帯封《たいふう》紙幣を比較し、持ち金の額が上のほうが「勝ち」』だ。

そう。

帯封《たいふう》紙幣の数を比較するんじゃない──持ち金の額を比較して、『上のほう』が『勝ち』なのだ。

帯封《たいふう》紙幣ごとの額、価格が違うんじゃ、それこそ茶色の紙幣だけで作った帯封《たいふう》紙幣と、一等上と一等下以外、中身が全部紺色の紙幣の帯封《たいふう》紙幣とじゃ、全然違う。帯封《たいふう》紙幣一個同士でも、額で言うと、前者一個に対して後者をいくつ積むことになるのか……。

するとこのゲーム――『紙幣塔崩壊』じゃ、単に取りやすい帯封《たいふう》紙幣を取るんじゃなく、額が高そうな帯封《たいふう》紙幣を――立体側のでこぼこ感の薄い帯封《たいふう》紙幣を取るのが、正しい戦略なのだった。

歩兵と飛車で、ポイントを変えて、和風ジェンガをする感じだと考えるといいのか……、歩兵が一点、飛車が五点という風に。

それと違い、『紙幣塔崩壊』じゃ、見ただけじゃそれぞれの帯封《たいふう》紙幣ごとの価格、ポイントが区別し得ないということだ――区別どころか、全然、でこぼこ感など無視してプレイしていた僕だったが、プレイヤBが、もしもゲーム開始時に、既にそれに勘付いていたのだとすると。

取り返しがつかない。

もう届かない。

そう考えて、絶望する僕――だが、取り返しがつかなくても、もう届かなくても、プレイを続けるしかないのだ。ゲームでも人生でも、リセットボタンなんてない。そのでこぼこ感を感じ取れるかどうかも、ゲームの一部だったのだろうし。

椅子の隣の帯封《たいふう》紙幣を見る僕。

既にゲットしたポイント。

僕が勝つと、このポイントが『ご褒美』となるのだが――紙幣が混合品となると、その総額も、かなり減額しそうだ。

だが、少なくとも僕の借額を消すだけの『ご褒美』を得ないと……、すると、無理をしてでも、高額の帯封《たいふう》紙幣の獲得を目論むことになる……。

一指《いっし》を形作り。

開眼する僕。

金を道具にゲームなんて不敬だと考えもしたが、しかし、こんなにも真剣に金を見たことなんて、かつてなかった――だがそれでも、真剣になり損ねていたのかもしれない。


一時間後。

ゲームが閉じた――僕の人生も閉じた。

第一手《だいいって》時のリードが手伝って、椅子の隣に積んだ帯封《たいふう》紙幣の数こそ、僕のほうが勝っていたが――そのほとんどが、でこぼこ感の著しいものだった。

下手に立体側のでこぼこ感が薄い帯封《たいふう》紙幣を取る戦略に変えたことこそ、致死行為だった――無理をしたことがミスに繋がり、崩した帯封《たいふう》紙幣を、プレイヤBが取るという展開へと繋がった。対してもう無理をしないプレイヤB、取れる帯封紙幣《たいふう》がなくなると、故意に立体側の乱れた帯封紙幣《たいふう》を崩し、僕に委託してくる——無理をしないといけない僕が、塔を崩すことを望み。

わかっていても、乗るしかない。

そして結果、プレイヤBが椅子の隣に積んだ帯封紙幣《たいふう》を、僕のと比較すると、形の揃ったものがほとんどだった——彼の完全なる、不動の勝ち。

不揃いへの感覚の鋭い鈍いが、彼と僕の立ち位置をわけた形だった。

「それじゃ、ゲーム結果の開示です」

放送が響いた。

「ミスタ・プレイヤAの勝ち——ベリーグッド。獲得額に基づくご褒美の額——」

■■

高額紙幣を目前に独り言を呟《つぶや》いていた風格が打って変わって、醜《みにく》く抵抗しつつ、小部屋の外へ、ふたりの忍者紳士に連れて行かれたプレイヤBを見届けて、僕への『ご褒美』の、椅子の隣の帯封紙幣《たいふう》をひとつ、手に取った。

故意にでこぼこ感の、中でも著しいものを選別した。

放送が僕の勝ちを宣告したことにびっくりし――そして等しく、その後に放送が宣告した僕への『ご褒美』の額にびっくりした。

その額が想像を越えた、高額だったことに。

じゃない。

その額の、異質な揃いかたにびっくりしたのだ――下六桁がゼロで揃っていたのにびっくりしたのだ。紺色の紙幣や薄茶色の紙幣、菫《すみれ》色の紙幣の混合じゃ、こんなことになるわけがない……もちろん、偶然のわけがない。

わけがないと――紙幣塔の帯封《たいふう》紙幣、その中身が、すべて茶色の紙幣だと見做すのが妥当だった。

だが、するとこのでこぼこ感って……？

手に取った帯封《たいふう》をほどいて、その中身を確認する僕――当然と言うのもなんだが、百とも全部、茶色の紙幣だった。ただし何者かが、うち、結構な数の紙幣の形を、ナイフで変えていた。

露骨なもので、一センチほど。

なるほど。

茶色の紙幣を、その形を、ナイフで、菫色の紙幣や紺色の紙幣に作り変えていたということだ――形だけだが、完全に作り変えだ。

確か法律の上じゃ、この程度の破れじゃ、紙幣の価値が損なわれたりしない——帯《たい》封《ふう》紙幣全体の値打ちも、すると不変だ。だというのに、僕もプレイヤBも、意味のないでこぼこ感に、てんやわんやだったわけだ。

そんなてんやわんやを見世物として。

楽しんでいただいていたわけだ。

ゲームの中、帯封《たいふう》をほどいて中身を確認する——それだけで真実が見えていたのに、僕もプレイヤBも、その必須のチェックをしなかった。過度に動じた僕も、過度に動じなかった彼も。

紙幣を故意に破く行為そのものが倫理の盲点《もうてん》だった——など、言い訳になるわけがない。賭け事で、札《ふだ》のチェックをしないなんて……。

そして皮肉にも、でこぼこ感をスピーディに感じとったプレイヤBだけがペナルティを喰う結果となったわけだ——意外な真相も特になく、ただ僕と似た立ち位置だったみたいな彼だけが、しかしそれでも、僕と比較し得ないほど、真剣《そこ》だった彼だけが

——

「えっと……」

考えた末、いや、大して考えなかった末、椅子の隣の帯封《たいふう》紙幣を見つつ、言う僕だった。

映像を見ている好事家のかたがたに向けて、この下衆《げす》な見世物に、それなりのトゥルーエンドを設けたくなったのだ——プレイヤBの借額を知るすべなんて、僕にゃないけども。

「僕の借額を引いた、この『ご褒美』の残りで……、彼の借額をどの程度消せるかな？」

合成声が返事をした。

金をドブに捨てるつもりですか？

微笑《ほほえ》む僕。

人間捨ててる奴に言われたくないっての。

D　一命賭し『紙幣山崩し』

✕ 禁断ワード　せ た つ て の ほ む り る わ

■■

社会上、お金は高価値な概念や——しかし、一番やない。人はお金じゃあ、幸福になれん。やけど、社会上一番不要、一番不価値なもんが、負債《ふさい》やちゅうことは、俺には明快や。

負債は悲惨や。

特に、限度以上に届く負債は、悲惨や。

生き地獄ちゅうんやろな。マジ地獄と、どちらが悲惨やゆうもんやろ。

お金はサミシィやし、お金同士遊ぶ言うけど、しかし、それに関しちゃ、お金も負債も同じやね——負債やらは、負債同士が遊びよう。

どんどん遊ぶ人数増やしよう。

どんなサミシィやねん。雪人形か。

それに関し、俺ん自覚は時遅しや——俺はもう、自己負債ん額を知らん。問いゆうんは、問いそれ自身が見えんようになれば最終局面や言うけど、それがマジなら、俺ライフは、もう最終局面に差しかかろうとしとんねん。

いや。

もう終えとんかもな。

やけど、何かを終えれば何かが開始ちゅうんもライフやね。大金持ちになれど、見えへんもんは見えへんように、大《おお》負債持ちになれば見えよう風景があんねん。風景。

ゆうか、今俺に見えとう風景は小部屋や。

少しも話に聞く大勝負ん場とは思えん――まあやけど、らしいちゃらしいんかもしれへん。

煌《きら》びやかな大部屋におき、華やかな勝負に興じよう身分なら、俺はこんな状況にないんや。自己負債が、今や殺されかねん額に膨《ふく》れ済みなことは、さすがに承知や。

とは言え、小部屋とは言え、警備は完璧や――外から内へを意識しよう警備やなく、内から外へを意識しよう警備らしいけど。とにかく、堅牢《けんろう》なドアに存在しない窓や。

小部屋ん中心には、大きい盤《ばん》と椅子《いす》が二個。

巨人が将棋《しょうぎ》や、しよんかいなちゅう感じやけど、盤が大き過ぎやし、将棋に椅子はいらんか……けど、なら何をしろゆうねん？

俺は知らん。知らへん。

やけどもしも、俺ん負債に見合う何かをしろゆうんなら、それが、俺が未経験な『遊び』なことは間違いないんや。

一命を賭す『遊び』。

漫画かよ。

やけどそれは、大金持ちになれど遊べん経験や――大負債持ちにならんと、遊びようがない。

■■

小部屋にもう一名、恐らくは俺と同じ負債者が登場し、盤を挟《はさ》み、俺と彼が見合うと同時に、

「準備はよろしおますか？」

と、どこかから声や。

小部屋にスピーカーが仕込まれとんか？　声ん様子からは、カメラもどこかに……？　カメラも超ミニなら、すぐには確認しようがないけど……。

一命を賭す遊びがショーよろしく見られとんは、正直ええ気持ちやないけど、しかしまあ、ええ気持ちをもらおうゆうんがあかんねやろな。ショーを演じれば負債がチャラなら、文句ないちゅう話や。

チャラゆうか、チャラかも──やけど。

前ん男も同じ気分なんやろ。

前置きなしやもん、スピーカーから声ェしよれば、少しは驚きそうなもんやけど、彼にそれはなしや──ふん。

オーラあんな、彼。

やけど俺は気圧《けお》されん。

彼と遊び、優勝しな、俺ん負債はチャラにならん──どころか、一命を落とす。そうは明言されとらんけど、一命を賭す遊びゆうんは、そういう意味やろ。

なに。

怯《おび》えんな。

彼がナニモンか知らんけれど、こないにここにおんねんからには、まあ俺と同じ位置やん。

イーブンなんや。

「プレイヤーAさん、プレイヤーBさん」

スピーカーから、声は言う。

プレイヤーA？　プレイヤーB？

随分《ずいぶん》と色気ェない名前やな——やけどまあ、変にお洒落《しやれ》な偽名《ぎめい》と比べれば、いくらかマシか。

見れば、俺が腰掛けとう椅子ん肘掛《ひじか》けに、Aちゅう記号が書かれとう——要は俺がプレイヤーA、彼がプレイヤーBらしい。

しょうもない競争心かもしれんけど、『A』と『B』、俺が一文字分、先んじとう気分や。

「それじゃあ、これから行う遊戯《ゆうぎ》ん規則をお教えしますな」

声は言う。

機械風な、異様な声や——特に機械風な声にしよう意味はなさげやし、これは大勝負ん装置ちゅうことなんかもしれん。

「これからおまはんらが遊ぶ勝負は、『紙幣山崩し』。あらかじめ告知しとうよう、勝者には破格な賞金を支払います」

声は敗者には触れない。

敗者に支払う『破格』には触れない。

好きに想像しろちゅうんかい。

しかし今は、敗者ん『支払い』やなく、『紙幣山崩し』ちゅう遊戯名こそが、肝要や。

「心配しぃな。そんな、ややこしい遊戯やあらしまへん」

声は、俺ん心を読み透かすように言う――静かに言う。機械声やけど、細やかやな。

「元々は将棋ん駒を使用すべき遊戯やけど――『紙幣山崩し』は駒に代え、紙幣を使用しますねん」

ふと見れば――小部屋に紳士風な人間が二名、大きなトランクを抱え、控えとんよ。音もなく、あんな頑丈なドアを開け閉めしようとは見えん二名やけど……、さながら忍者やん。重そうなトランクを、二名ごときが抱えとうことと言い、個々を判じれん外見と言い。

しかし大きなトランクや。

さながら倉庫や――と思ううちに、忍者紳士二名は、それを、倉庫を、盤上にぶちまけよう。

さすがに驚く。

ぶちまけ行為にやなく――そん中身に、俺は驚く。

トランクん中身は――盤上にぶちまけられとうもんは、仰山な紙幣やん。

百枚ごとにまとめられとう百枚ん紙幣が、数え切れんくらい仰山、盤上に——山を成す。

将棋ん駒を使用すべき遊戯。

元々は。

得心……、そういうことかいな。これはもう、どんな鈍い人間も、山成す盤上を見れば、『あれや』言うやろ。

これは。

将棋崩しを、紙幣を使用し行うゆう遊びなんや。

やから——紙幣山崩し。

■■

「くどうならんように言おとは思うけど——なにぶん地域差が多い遊戯やし、勝敗基準は見えようしときます」

声は言う。

「プレイヤーはひと指を使用し、盤上に山成す紙幣——紙幣山から、百枚ごとまとめられとう紙幣を、自分サイドへ引き、獲得すんねん。一度に引くまとめ紙幣ん数はお好きにしぃ。もちろん、山ごと引くんもＯＫどす」

ＯＫやないやろ。

一度にひと指じゃ、まとめ紙幣数個引ければええくらいやろ――百枚まとめられようと、紙幣は紙幣、紙は紙や。将棋ん駒やないんやから。

「引く際、ミスを犯し、紙幣山を崩すと番はチェンジどす」

逆に言えば、ミスさえしなければ、永遠に自分番なんや――ならば、先に引くんがすごく優位な遊戯ちゅうことやな。

「盤上に紙幣がなくなれば遊戯はおしまいや――そんとき獲得済み額ん多い少ないが、勝敗ん基準や。額ん多い少ないを比べ、多いプレイヤーが勝ちやし。ちなみに、勝者に支払う賞金ちゅうんは、獲得額と等式どす」

負債は、限界ラインを破れば虚構感が増す。現金もそれは同じやが――しかし、機械声ん言いを聞き、盤上に山成す紙幣が、急に身近なそれと化す。

一億円……、じゃあ済まない。

百万円分まとめ紙幣が百個《ひゃく》あれば一億円や……、一目見れば、まとめ紙幣ん数は、百ん十倍は……、なら十億円？　満額もらえはしないけれど、もしも二名がシェアすれば、半分は……。

ああ。

明確に、俺ん負債や、消し飛ぶ。

俺は自己負債額を知らんけど、負債が負債同士遊べども、個人が抱えられん負債を、五億ゆう数字は消し飛ばす。

しかし、賞金を得よう思うなら、勝ちが条件や——遊戯上いくら紙幣を獲得しようと、遊戯は遊戯、基準以上にはならん。遊戯がおしまいになれば、返すしかない——負債ぶくれは治らないまま、おしまい。おじゃんや。

人ん一命はお金じゃあ買えへん。

ちゅうけど、人ん一命をお金が奪うことはあらぁな——これから俺らは。

プレイヤーAとプレイヤーBは、殺し合う——それも、将棋崩しがモチーフゆう、幼稚《ようち》な遊戯を媒介に。

やけど、ここに及び、俺ん心中に、プレイヤーBん一命はない——俺はそんな『いい人』やない。しかし俺ん一命ゆうこともなく——もちろん、俺が勝ち抜け、そんとき賞金を増やす奇手ばかしを、とことん思う。

それが、俺ん心なんとか前に行かす。

もしも盤上ん紙幣山が十億円なら、俺が五百一まとめ紙幣を獲得——要は五億百万円獲得し、プレイヤーBが残金を獲得し……、これも十分に勝ちや。

やけど同じ勝ちなら、仰山賞金がもらえそうな勝ちこそを選べ——やろ。

人ならな。

遊戯ん規則上、十億総額はまず不可やろうけど、七億、八億ん勝ちには十分届く――プレイヤーBも同じ風に思うやろ。獲得分を増やすことばかしを――と、そこにおき、疑問や。

イーブン時は、どうなんねん？

五億と五億、奇麗《きれい》に二等分されれば。

まさかそうなれば二名とも勝者ちゅう、甘い規則やとは思えへんけど……、しかし、機械声ん言いは、それへ言及しない。

主催者は、イーブンなどないと思うとんか？　まあ、杞憂《きゆう》ゆうならこれ以上なく杞憂らしい話やけども……。それともそもそも盤上んまとめ紙幣は奇数ちゅうことかいな？

「それじゃあおまはんら、『紙幣山崩し』、始めやす」

そう言うと機械声はやみ、小部屋は静かに。二名ん忍者紳士も、もうおらん――マジ忍者かい。

勝負ん場を設け、規則も教え――あとは好きにしぃちゅうことかいな？

まあ。

落ちに落ちを重ね、ここに来し俺や――心地いい歓迎は、それは受けられんやろ。

プレイヤーBも同じくな。

躊躇《ちゅうちょ》しとう暇はない。

俺と彼とが一命を賭し、遊戯に興じん様子をショーととらえ、観覧しとうお歴々がおんなら、はよう始めなあかん――やけど、紙幣山には、どちらが先に指を指す？

もちろん俺は、先がいいんやけど……。

「これ、投げます？」

ふいに、プレイヤーBが言う。

沈黙を破き――紙幣山周辺に、最初からはぐれとうまとめ紙幣をええ加減に持ち、俺に示す。

「こういう場合は、コイントスが常套やん。もちろん、先に指すんが優位な遊戯やし、後んプレイヤーはそんフォローに、トス用んひとまとめを獲得ちゅうんは」

コイントスに百万円を使用。

なんとも豪気な話やん。

■■

俺は諭吉《ゆきち》に賭け、彼は羽に賭け。

コイントスならぬペーパートスに、俺はまず勝ちを収め――『紙幣山崩し』を先に指す。プレイヤーBは百万円を懐《ふところ》に獲得。しかしそれくらい、すぐ追う。最初から山からはぐれとうまとめ紙幣ん数が十以上あんねから平気なんや――やけど不安は不安や。まず気楽には構えられん。

後先《あとさき》決めに、紙幣を使用ゆうんはまあええ――こん小部屋においちゃあ、ジャンケンなんかとは比較にならんフェアさやし。俺も彼も、十円コインくらい所持しとんかもしれんけど、お金と一命を賭けとう勝負や、それぞれん道具なんか信用し得んやろ。

今まさに、忍者紳士が運ぶ『紙幣山崩し』ん道具……まとめ紙幣を使用ゆうんは、やから構へんねや――やけど、それにしろ彼は、プレイヤーBは、えらい気楽過ぎんか？

まとめ紙幣を持ち、俺に示すとき、表情がえらいええ加減過ぎや――思い返すに、シャーペンかゆうくらい、ええ加減な持ち具合や。投げんときも、サイコロかゆうくらい、ええ加減に投げよんねん――俺にはあんな風に、百万円がまとめ紙幣を投げられんよ。

俺と同じ境遇と思うプレイヤーBは、しかしまさか、百万円くらいなんとも感じない、大金持ちなんやないか？

そう思うと、構えずにはおれん。

これは負債持ち同士が遊ぶショーやなく、大金持ちが負債持ちを踏み扱く残酷《しご》ショーなんやないか？

まあ、金持ちやから遊戯に優位なんちゅう話もないけど、しかし遊戯ゆうんは、ライフに余裕があれば余裕プレイをなし得よんや。俺が思うに、将棋崩しは余裕プレイをなし得よん人が優位や——ビビれば負けや思う。

……やけど、構えを解かんと動けへん。

先に指す——指さなあかん俺は、常道やが、まず紙幣山周囲にまとめ紙幣を狙う——人さし指。声は『ひと指』としか規則を言うとらんから、人さし指やない指を使用ちゅう策もあんねんけど、まあ、人さし指プレイが一番プレイしよいやろ。

先に言う『懐に獲得』ちゅうんはもちろん比喩《ひゆ》や。『紙幣山崩し』、まとめ紙幣ん獲得分は、それぞれ、椅子ん横に置く決めや。

見やすい場所に置く決めは、プレイヤーAにはプレイヤーBん獲得額、プレイヤーBにはプレイヤーAん獲得額が把握《はあく》しやすいように、ちゅうことなんやけど……、プレイヤーBとは違い、俺はこういう、紙幣を荒く置く感じに内心はらはらや——小さいかもしれへんけども、動揺を隠されへん。

お金を使用し遊ぶゆう行為が元から背徳やゆうんもあんねんけど……、いや、それをゆうなら、こういう『紙幣山崩し』やなくとも、賭博がもう、お金を使用し遊ぶ行為やねんけどな。

プレイヤーBん椅子ん横には、まとめ紙幣が一個《いちこ》。

俺ん椅子ん横には十二――そういう状況が訪れれば、ようやく、紙幣山周囲がまとめ紙幣探すんもしまいや。

いよいよ紙幣山自身に挑まなあかん。

悩みどこやけど、まあ崩れにくそうな箇所から、まとめ紙幣をひとまとめごと、人さし指を使用し、抜きにかかればええやろ――まとめ紙幣を複数狙うんが規則上、あかんくなくとも、将棋ん駒ならともかく、百万円ちゅうまとめ紙幣は、十《とお》もあれば一キロにもなんねん。

遊戯後半に差し、いちかばちかちゅう勝負にいかなあかんときならともかく……、今は勝負にいくには早過ぎや。

俺は慎重に紙幣山に指を――

「有名な登山家が登山動機を訊《き》かれ――そん返しが『そこに山があればこそや』ちゅう回答なんやけど――」

不意に、言う。

プレイヤーBが――俺に。

驚き、俺は人さし指を戻す。

「これ、回答やなく、問いこそすごい思いますねん。登山家に登山動機を訊く勇気? すごいすごい——」

独白?

いや、明らかに俺へ言うとんや。返事は要求されとらんらしいが……、彼はまさか、俺を揺らしにきとんか?

ならば返事どころか、聞くんもあかん。

元から俺は、紙幣山を前に揺れとんねん——これ以上気持ちが動揺すれば、指先も揺れかねへん。

深呼吸。

深呼吸。

俺は彼をシカトし、もう一度、紙幣山へ人さし指を指す。

俺は先にプレイしとんねん——めちゃ優位やねん。それを意識しぃや——今も正に、比べればまとめ紙幣ん数は十二個と一個《いちこ》。

明らかな格差やんか。

「マジ、どれくらい額あんねん思います? こん紙幣山——」

プレイヤーBは独白を継続。

俺はシカトを継続――規則上、プレイヤー同士、声かけが禁じられん以上、彼ん独白は止めれへんけども、しかし独白にシカトも十分ストレスやろ。

自分が遊戯に参加しぃへんまま、俺がまとめ紙幣を続々獲得しよんも――それをなすすべなく見なあかんことも、ストレスなはずや。そういう遊戯やからしゃあないとは言え、人ん感情はそうそう、操作し得ん。

返事どころか聞くんもあかん――けども、シカトしようと、考えへんゆうんも、しかし、し得ん。

どうやろ。

十億円ちゅうんはさすがに多く見過ぎやな。俺ん椅子ん横、まとめ紙幣十二個ちゅう大きさから思えば……、まあ最少五億以上、恐らくは七億か八億ゆうとこかな。

七億やろうと、高額なことに変化はない――いや、今は額はええねん。今気にすべきは、まとめ紙幣ん数や――まとめ紙幣ん数が明確になれば、何個獲得し得れば勝ちか、判明すんねやけど。

遊戯はまとめ紙幣を最後に一個《いちこ》獲得すればおしまいとは言え、勝敗を早めに決めれば、もはや未来がないプレイヤーBは、そこからはまあ、試合を投げよう。ゆえに俺は更に賞金を獲得し得よう――そう計算をし、俺はまず、一番バランスがよいまとめ紙幣に指を指す。

■■

異変を意識し損ね、俺は呻《うめ》く。俺はなんと愚かなんや――いやしかし、こんなん、俺には意識しようがない。けれど、あと数分早く異変を意識しとけば……。

遊戯はもう中盤や。

もちろん、俺はチャレンジ何度目かにはミスをし、山を崩し、指し番はプレイヤーBに行き、彼はまあ、まずは俺が崩し置くまとめ紙幣をミスなく収集し、見事総額獲得や。

それから紙幣山に人さし指を指し、俺と同じようにチャレンジ何度目かにはミスをし、山を崩し――指し番は俺に。

そんな往復がしばらく行き来。

俺と彼ん椅子ん横に、床に、まとめ紙幣がどんどん置かれ――今んところ、まとめ紙幣を合計すれば、俺が大幅に上やけども、しかしそんな中、俺は異変を意識し――呻く。

呻くしかない。

まとめ紙幣。

獲得しようと、まとめ紙幣ん側面に人さし指が触れしとき——触れし感覚こそが、俺が言う異変や。

異変ゆうには些細《ささい》やし、気にし過ぎや思うくらいやけど——ぎざぎざ感、ゆうんやろか。

いや、まとめ紙幣ゆうが、公式なまとめ帯《おび》やないし、『紙幣山崩し』に使用されよう紙幣は通し番号揃いやないし、新紙幣やないんは、最初から自明や。やからこう、百枚ごとにまとめようとすれば、もちろんズレが生まれんねん。しかしそれを踏まえようとも、まとめ紙幣側面はぎざぎざ感が激しい。

違う。

まとめられ、一見《いちけん》揃とうはずやけど、触れしときはぎざぎざ感ちゅうんが異変なんや——紙幣がそれぞれ同じ大きさなら、こうはならへん。

要は。

紙幣んサイズが——揃うとらん。

やから側面に触れしとき、ぎざぎざ感があんねや——更にそう思いながら見れば、違う異変も意識され、俺はますます呻く。

ぎざぎざ感は側面二面に限られ、他所《よそ》ん二面——長い側面二面は、揃とんや。短い側面二面ばかしが、ぎざぎざや——もちろん、まぐれかもしれんけど——

俺はプレイヤーBを見据え。

思う。

独白をやめ、久しい彼は澄まし顔や——もしや彼は最初から、これを意識し、『紙幣山崩し』を指しとんやないか……？

そうや。

彼にはまとめ紙幣を調べようとすれば、機会がなくはないやんか——後先決め、あんときや。遊戯開始前ちゅう状況におき——あんとき、彼はもう異変を意識し……。

不思議やない。

十分考えられよう話や。

やとすれば、これはえらい話やん——俺は恐ろしい窮地に追いやられとう。ここがもう十分恐ろしい窮地やけど、まさか窮地ん中におき、更に窮地に追いやられようとは……。

大袈裟かもしれないが、これは、大袈裟じゃあない。まとめられとう紙幣んサイズが違うゆうんは——掛け値なく致命傷なんや。

要は、や。

紙幣んサイズが違うゆうんは——額面が違うゆうことやねんから。

俺も詳細は知らんけど、銀行券ゆうんは、額が大きくなれば、サイズも大きくなんねんや——横ん長さが違うねん。やから逆さ富士ん紙幣と羽ん紙幣とは、明らかにサイズが違う——真ん中ん紙幣は、サイズも真ん中くらいや。

明白や。

これらまとめ紙幣は各種銀行券を交え、まとめとう——表面二枚は諭吉やけど、中身はそれぞれ、まちまちなんや。逆さ富士ん紙幣、花ん紙幣、もちろん、羽ん紙幣も相当数、交えとんやろけども……。

ああそうや、門ん紙幣もあんねんな。

門ん紙幣は花ん紙幣と、まあ同じくらいらしいけど……、逆さ富士ん紙幣と羽ん紙幣ならともかく、門ん紙幣と花ん紙幣は、まとめ紙幣となれば、視認し得んな。

そう言えば機械声は、『百枚ごとまとめられとう紙幣』としか言うとらん——まとめ紙幣はどれも百万円やゆうんは、俺ん根拠なき思い込みや。

更に声はこう言うとう——『そんとき獲得済みん額ん多い少ないが、勝敗ん基準や』。

そや。

まとめ紙幣ん多い少ないとちゃう——額ん多い少ないや。

まとめ紙幣ごと、額がちゃうんなら、一万円が百枚と、上下ばかしが羽ん紙幣、中身はどれも逆さ富士ん紙幣ちゅうまとめ紙幣とは、同じまとめ紙幣一個《いちこ》ゆおうと、大きな差や。

八十八万円以上、差が生じよんや。

やから『紙幣山崩し』は、取れそうなまとめ紙幣から取ればええんとちゃう――まずは額が大きそうな、側面がぎざぎざやない、なめらかなまとめ紙幣から狙うべきなんや。

将棋崩しならば、駒ごとに価値がちゃうとか、そんな感じや――飛車と歩《ふ》は五倍ちゃう、王将と歩は十倍ちゃう、ゆう具合に。

それと違うんは、『紙幣山崩し』は、一見じゃあそれぞれまとめ紙幣が同じ額にしか見えんゆうことや――やから、俺は意図なく収集しまくれども、プレイヤーBが、もしも最初から意識し、『紙幣山崩し』に興じとれば……。

もう遅い。

今更間に合うはずがない。

けれど、諦められん……俺はやらなあかん。

勝負を最初からもう一度、なんか認められんはずや――これは、それを規則に含めとう遊戯なんや。

椅子ん横に置くまとめ紙幣を、俺は覗《うかが》う。

途中経過。

現状獲得額。

俺が勝者ん場合、これが賞金なんやが――しかし、紙幣が交えもんなら、こん総額は相当、縮小しようやろ。やけど俺は、最悪、負債がチャラにならんことない額、賞金を獲らなあかんねん。

強引やろうと不可やろうと、俺はもう、高額まとめ紙幣を狙うしかない。

俺は人さし指を構え、目を凝らす。

お金を使用し、遊ぶ背徳感？

それはもうない。どころか、今、俺はお金にこれ以上なく真剣や――やけど。

やけど。

真剣さは、しかし、及ばん。

俺ん真剣は――不足や。

一時間後。

『紙幣山崩し』、おしまい。

最初ん後先差が響き、獲得済みまとめ紙幣ん数は、おそらく俺が多いけれど――俺んまとめ紙幣は、半数以上がぎざぎざ感や。

まとめ紙幣ん金額差を意識し、俺は側面がなめらかなまとめ紙幣を狙い、ミス、狙い、ミス――山を崩し、プレイヤーBに崩れ紙幣を指され――や。

逆にプレイヤーBは強引に動かず、取れそうなまとめ紙幣がなくなれば、側面が不揃いなんを故意に崩し、俺に番を譲渡や。強引に動かなあかん俺に、山を崩さすように促すんや。

やから今、プレイヤーBん椅子。

そん横に置かれとうまとめ紙幣は、まあ揃いもんばかしや――彼ん勝ちはもう明らかや。

まとめ紙幣が不揃いちゅう異変。

それを見抜く速度が、まさしく勝敗を決め――

「どちらはんも、ご苦労さま。勝者は」

声が言う。

「プレイヤーAさんどす――こんぐらちゅれえしょん。賞金、獲得総額は――」

■■

沈着な仮面は剝《は》がされ、惨めに悲鳴をあげながら、プレイヤーBが忍者紳士二名に引かれ、小部屋から消え、俺は賞金やいう、横ん置かれとうまとめ紙幣を一個《いちこ》持ち――故意にぎざぎざ感が激しいもんを選ぶ――、はあ、と思う。

プレイヤーAが勝者と呼ばれ、まず驚き——直後、声が言う獲得賞金額に同じくらい驚き、俺は声もない。

獲得賞金額は。

予想額を超え、俺ん負債を余裕に消し飛ばす額や——やけど俺が驚くんはそこやない。俺が驚くんは、賞金額ん数字並びやねん。十万以下ん位は、零揃《れい》いや——逆さ富士ん紙幣、門ん紙幣、花ん紙幣、羽ん紙幣が交えられ、まとめられとう紙幣じゃあ、こうはならへん。こんな奇遇は、まず起きん。

要は、用意され、使用されとう紙幣は——紙幣百枚は、一万円紙幣ばかしやゆうことや。やけど、そんなら、ぎざぎざ感はなんやねん？

俺はまとめ紙幣ん帯を破き、中身を確認。

百枚どれも一万円紙幣なんは予想済みやけど……、うち何十枚かが、ナイフに切られとう。逆さ富士ん紙幣んサイズや、花ん紙幣んサイズに、切られとう。

要は。

一万円紙幣は、違う価値ん紙幣に偽造済み——サイズばかしやけども、『紙幣山崩し』じゃあ、サイズばかしが肝要や。

見えへんねんから。

規則上、端が破れようと紙幣価値は下がらへんはず——やからまとめ紙幣一個《いちこ》ん価値は、ぎざぎざ感に関係なく、百万円から下がらへん。やけど思い違いをし、俺とプレイヤーBは右往左往――か。

そんな右往左往こそがライブ中継され。

観覧され、お歴々を喜ばし――か。

遊戯中に帯を破き、中身を確認しなあかんと、あとからなら言えそうやが……、それも含め、喜ばし。焦燥《しょうそう》プレイヤーAと慢心プレイヤーBは、何も言えんな。紙幣を故意に破く行為は金罰《かねばち》もんなんやけど、やから確認しぃへんいう言い草はない。賭博におき、カードん調査は、何をおこうとやらなあかんことや。

お金に真剣な人間なら。

やらなあかんことや。

俺とプレイヤーBは、まあ、そうやないいうことか――やけど皮肉にも、早めにぎざぎざ感を意識し、『紙幣山崩し』に挑みながら、プレイヤーBばかしが不真面目を裁かれ、敗死や。お金持ちなんかやなく、俺と同じ負債持ちにしろ、俺以上にはお金に真剣な男が、敗死……。

「えと……」

俺は考え――いや、考えず。

椅子ん横に置かれとう紙幣山を指し、言う。

映像を観覧しとうお歴々に、俺は、落ちを示さなあかん――プレイヤーBん負債が、いくらか知らんけども。

「獲得賞金から俺ん負債を引き……、残金を総額……、彼ん負債払いに使用します」

声が言う。

お金をドブに落とすんどすか？

俺は苦笑。

お前らが言うな。

LV.3

ルール
The rule

① 最初に短編小説を
制限なく執筆。

② 五十音46字から、
くじ引きで10字ずつ、
4グループを準備する。

③ 残った6字が厳禁ワードとなる！
この6字は、すべてのパターンで
使用禁止。

④ ②で選んだ10字と③で残った
6字の合計16字を使用しないで、
①の短編小説をグループごと
4パターン、執筆する！

⑤ 濁音・半濁音・拗音・促音は、
基本の音と同じ扱い。
音引きはその際の母音とする。

×

禁断ワード

グループ A

え す た ち に
ぬ ふ ほ よ わ

グループ B

く け せ ひ ま
や ゆ り れ ん

グループ C

い お か つ て
な の み む ろ

グループ D

あ う き こ し
は へ も ら を

×

厳禁ワード

さ そ と ね め る

倫理
社会

■■

ぼく達は自由と引き換えに平和を手にした。

と言っても、きみ達が言うところの今を生きるきみ達には、ぼくが言うところの今を生きるぼくが何を言っているのかきっとわからないだろう——きみ達にとっては自由と平和は、まったく同一の概念であり、同一の思想だろうから。だが、こう考えていただきたい。同一の概念であり、同一の思想であるのなら、それは同じ価値であり、即《すなわ》ち等価交換が可能なのだと。

ゆえに自由を犠牲にすることで平和を得ることが可能なのだと——ぼく達の社会はそういったシステムを選んだと言うだけのことだ。もっとも、選んだと言っても、ぼく達が生まれたときには、それはもうとっくに『決まっていた』ことだけれど。

個人的には、きみ達の今のように、たとえその結果一兎《いっと》さえ得ることができなかったとしても、平和と自由の二兎を追う考えかたが嫌いなわけではないのだが——とはいえ、きみ達の時代に賛同を示す言葉を、ぼくはこれまで一度も口にしたことがない。

そういうルールなのだ。

それを口にする自由はぼくにはないのだ——平和と引き換えに。

で、その平和を——しかも恒久的な平和を、どのようにしてぼく達、正確にはぼく達にとってはご先祖様でありきみ達にとっての子孫である『彼ら』が実現したのかと言うと、それは監視カメラによってだ。監視カメラというのはきみ達の今に合わせた表現であって、果たしているその役割からすると、あれらのことを、ぼくは管理カメラと表現するべきだろう。

人間を管理するカメラ、管理カメラ。

管理カメラは社会のいたるところにある——繁華街や銀行の中だけではない。森の中にも海の中にも、大気圏の中にもある——個人の住宅内部は言うまでもなく、電子の海さえ、その管理下においている。そうして見張っているのだ。

ぼく達人間の行動を。

ぼく達の側からは見ることさえ叶《かな》わない極小のカメラがぼく達を見張っているなんて、ちょっとした矛盾、あるいは冗談のようだが——とにかく二十四時間、生まれたときから死ぬときまで、ぼく達は管理カメラに睨《にら》まれ続けている。

と言うと、きみ達は『なんだそんなことか』と言うかもしれない――犯罪抑止を目的とした防犯カメラなんて珍しくもないと。なるほど確かに、きみ達の今でも、カメラそのものは世界に溢《あふ》れかえっていると聞く。どころか、個人が持つ携帯端末には漏《も》れなく撮影機能が備え付けられ、どこで誰に撮られているかもわからぬ生活の中、全国民が『カメラ目線』で生きているとも――だが、『カメラ目線』で生きているという点において、申し訳ないがきみ達はぼく達に及びもつかない。

これはカメラの性能、大きさのことを言っているわけではない――どこで誰に撮られているかわからないきみ達と、どこかから確実に撮られているぼく達の違いでもない。

そもそもきみ達の今で言う防犯カメラ、監視カメラは、犯罪の抑止力にはなりえても、禁止力にはなりえまい。プラスを作り出すどころか、マイナスをゼロにすることさえできない中途半端な代物《しろもの》だ。

ぼく達の社会は半端じゃない。

プライバシーの放棄による完全監視はもちろんのこと、倫理ポイントという考えかたの発明が画期的だった。倫理ポイント。そう、それは発想ではなくまさしく発明だった。マイナスを一気にプラスに転ずる世紀の発明だった。

要は、それら管理カメラは、人間の犯罪行為、いわゆる悪行を防止するためだけに地球中に撒《ま》き散らされているのではないのだ――人間の人間らしい道徳行為、つまりは善行をも、それらはきちんと記録してくれる。

簡単に言うと、『いいことをすれば褒《ほ》められる』社会を、管理カメラは実現したのだ――倫理に適う行為をすれば、その分だけのポイントが、彼もしくは彼女の、個人管理番号に記録されることになる。逆に、倫理に適わない行為をすれば、貯蓄されていた倫理ポイントから、その行為に見合うだけのポイントが差し引かれることになる。

で、このポイントがなんなのかという肝心要《かんじんかなめ》の話をすると――このポイントは、要するにすべてだ。きみ達の今で言うところの、貨幣みたいなものだと思ってくれていい。

貨幣制度は倫理制度に切り替えられたのだ、と。

買い物をするにも、お出かけをするにも、食事をするのにも、学校に通うにも、結婚をするにも、子供を育てるにも、それに見合うだけの倫理ポイントが必要なのだ。ポイントがなければ、ポイントを溜めなければ何もできない。それがぼく達の社会制度なのである。

ただしお金と違って、このポイントは使っても消費されない。ものを『買った』からと言って、ポイントが減ることはない――あくまでもポイントの増減は、倫理的なジャッジのみによる。いわば資格、もしくは免許と言える。生きるための倫理資格、生きるための倫理免許。ゆえに一定の倫理ポイントを持っていれば、食べるに困ることはないのだ——ただし、浪費や買占めは人間らしからぬ反倫理的行為なので、そんな行為に出た際はその分、ポイントは減殺《げんさい》されることになるが……、それでも、『善人』でさえあれば、ぼく達は生活に困ることはないのだ。逆に言うと、善人でなければ生活さえままならないということだが。

窮屈そうに思えるかな?

確かに窮屈だ。

ここには自由なんてものはない——だが平和だ。

想像してみて欲しい、誰もが金儲《かねもう》けをしたがるように、誰もが善行をしたがるようになる社会を——実際はそんなに単純なものではないけれど、いいことをしなければ生きていけない、いいことをしたほうがよりよく暮らせるとなれば、誰だって善人になりたがる。

困っている人を助けること。

みんなと仲良くすること。

他人の悪口を言わないこと。

家族を喜ばせること。

友達を不快にさせないこと。

認め合うこと、高め合うこと。

貨幣制度が崩壊したなら、誰も働かなくなるんじゃないかと心配しているのなら、それは杞憂《きゆう》というものだ――なぜなら、勤労や勤勉が、人間が人間らしくあるための義務だと考えられているのは、ぼく達の今でもきみ達の今と同様だから。

むしろ人の役に立つ仕事をすることや、奉仕活動に身を窶《やつ》すことは、高いポイントで評価される――逆に、怠《なま》けてだらしのない生活を送っていると、倫理ポイントはその分差っ引かれる。

もちろん査定は厳しい。

夜更かしや寝坊さえもマイナスの対象だ――取り戻すためには、早寝早起きを心がけなければならない。けれどそれでも、早寝早起きをするだけでお金が稼げるとなれば、きみ達はありがたいと思うだろう？

勉強だってそう。

いい成績を取れば当然ポイント対象となるし、たとえそれが叶わなくとも、毎日しっかり机に向かった努力は、ちゃんと評価される。

人に見えない努力や頑張りが評価され――また、人に隠れて悪事を働けば、そのしっぺ返しは確実にある社会。

信賞必罰《しんしょうひつばつ》の極み。

自由の欠片《かけら》もない——ぼく達は生きている限り、一秒だって気を抜けない。だけど周囲が善人ばかりなのだから、安心して生きていける。

断っておくと、思想は自由だ。ぼく達の社会でも、内心の自由だけは保障されている——どんなカメラも、心の中までは覗《のぞ》けない。だが、もしもそれを可能とする技術が開発されたなら——人の心の中を推《お》し量《はか》れるカメラが製造されたなら、それは即座に、ぼく達の倫理制度に採用されることになるはずだ。

だったらそんなもの、誰も作ろうとすまいというのは、きみ達の今における感覚だ——事実は、多くの技術者、あるいは心理学者が、読心機械の開発に心血を注いでいる。

人間の心までを『よくする』機械の発明が、いったいどれほどの倫理ポイントに匹敵するか、みんな知っているから。

■■

きみ達にはぼく達の今は、悪辣《あくらつ》なディストピアにしか映らないかもしれない——徹底した管理社会、徹底した管理制度。だがディストピアとユートピアは紙一重だ。少なくともぼく達の今はきみ達の今より、ずっと平和だ。

悪人なんていない。いてもあっという間に淘汰《とうた》される——刑務所なんて必要ない。なにせポイントがゼロやマイナスになるような悪人は、食事をすることさえできないのだから。もっともそんな悪人に哀れみを施《ほどこ》すことは高評価される善行なので、飢え死にまですることは滅多にないが。だが、人の善意につけいるような真似は許されざる悪行となるので、悪人もそれに甘えてばかりはいられない——結局、面白おかしく暮らしていこうと思えば、善行に励むしかないのだ。貨幣と違って倫理ポイントは奪うことも盗むこともできないのだから。

ある意味、悪人ほど善人になりたがるシステムと言え、ならば非常に合理的だ。貨幣制度の下では誰かが得をすれば誰かが損をすることになるが、倫理制度の下でそれはない。誰かが善人になったからと言って誰かが悪人になるなんてことが、あるわけがないのだから。みんながいい人になればみんなが得をするというわけだ——もっとも、醜い競争を生まぬよう、各人が所有するポイント数は非公開となっている。ぼく達の社会では、みんな、他人のポイントはもちろん、自分のポイントも知らずに生きることになる。

自分の倫理ポイントを把握《はあく》していないということは、自分の財産を把握していないということなので、大きな『買い物』をするとき、少しばかりスリリングな思いをすることにはなるが(買えなかったとき、『身の丈《たけ》にあわないものを欲しがった』という不道徳を犯したことになる)、善行の上に胡坐《あぐら》をかくことがなくなるという視点では、そのほうがいいのだと思う。各人、欲しいものを買うとき、あるいはしたいことをするとき、自然、己の価値に向き合うことになるわけだ——自分はこれを買うのに、これをするのに、相応《ふさわ》しいだけの善人か? そうやってぼく達は己を磨いていくことになる。

己を磨いた結果が判明するのは死後のことだ。生きている間は非公開という定めである各人の倫理ポイントだが、その数値は死ねば発表される——つまり、ぼく達の今では、誰かが死んだら、その人がどういう人間だったかが、生涯を通してどれほどの倫理ポイントを持っていた人間だったのかが、世に示されるということだ。高ポイントだった死者は、当然尊敬の対象となる——逆にポイントの低かった死者は、他山の石とされる。

管理カメラが見張るぼく達の善行(もしくは悪行)に、倫理的ジャッジを下す役割は、ちなみに、人のものではない——人は人を裁けないというのが、ぼく達の今の考えかただ。判断するのは管理カメラと連動した機械。全自動機械だ——日々変遷する、人間の倫理、思想、価値観を総合判断し、機械的に結論を下すその採点機は、不正や間違いの入る余地がないゆえに重宝されている。

もちろん機械は機械だけでは存在しえない。全国民を間断なく採点し続ける採点機と、管理カメラの運営には莫大《ばくだい》な費用がかかるけれど、貨幣制度がないぼく達の今には税金制度もなく、ゆえに採点機も管理カメラも、国民のボランティアによって支えられている——もっとも、ボランティアと言っても、それ自体が社会を支える高邁《こうまい》な倫理ポイントとして、貯蓄に還元されるのだが。

何のことはない。

管理されるぼく達の側が、進んで管理されているようなものなのだ——管理してくださいと、自ら機械にお願いしているようなものなのだ。ならば、きみ達が言うのならばともかく、ぼく達はぼく達の今を、ディストピアとは決して呼べまい。

これはぼく達のユートピア。

暴力がなく、迫害がなく、差別がなく。

誰もが誰もに優しい社会。

能力のある者はその能力を、みんなを幸せにするために使おうと心がけ、能力のない者も、できる限りのことをする社会。

自由はなくとも平和がある社会。

ぼく達の理想郷は、そんな管理社会であり、そんな監視社会であり——そんな倫理社会なのだ。

■■

というわけで、そんな社会制度にほとんど疑問を抱くこともなくこれまで生きてきたぼくなのだが――そう、それはきみ達が貨幣制度に疑問を抱くことなく生きているのと同じ程度にだ――しかし、最初に述べたよう、自由と平和、その二兎を追えたらいいのにとまったく思わないわけでもなかった。追えて、しかもつかまえることができたらどんなにいいだろう。

見られていることが緊張を生み。

見られていることがぼく達を善人にする。

善人どころか、ひょっとすると聖人にさえしてくれるかもしれない誇らしき倫理社会――それでも夢想するときはある。誰にも見られない、自分だけの時間があれば。

一日に一時間でもそんな時間があれば、それも素晴らしいことではないか、と。

だけどそれは『空を飛びたい』というのと同じくらいの意味しか持たない絵空事だった――実現しないことがわかっているから見られる夢だった、あの日、倫理的に働くための通勤途中、ビルの谷間を覗くまでは。

『覗く』という言いかたがやや非倫理的なので、とりあえずそれを『たまたま見えた』と言い直しておく——しかしそのビルの谷間においては、その必要もなかったのだが。

ビルの谷間に、一人の男が大の字になって寝転んでいたのだ——酒に酔ってそのまま寝てしまったというような様子だった。

なんてことを、とぼくは思った。

もちろんそれは、倫理的に大きなマイナスとなる行為だった——『泥酔』し、こんな時間まで『惰眠《だみん》を貪《むさぼ》る』なんて。まして、それをこんな公衆の面前で——マイナスどころか、自殺行為にも等しい。ひと目もはばからず——管理カメラの目もはばからず。

なんてことを、と思う反面、ぼくの心には『チャンスだ』という気持ちも芽生えた。こういう不届き者に説教し、正しい道へと導く行為の倫理ポイントの高さは明白だからだ。

絶好の得点稼ぎの機会である。

きみ達の今からすれば、得点稼ぎのために善行に及ぶぼくのこの姿勢は忌《い》むべきものかもしれないけれど、ぼく達の今では、善行に貴賤《きせん》はない。『偽善』という概念は、とっくの昔に死語となった。

だが、大丈夫ですかと声をかけ、ぼくが揺り起こした彼の態度は、およそ褒められたものではなかった。

「うるさいなあ。もっと寝かせてくれよ」

と、彼は毒づいたのだ。

信じられなかった――他人からの善意に対して感謝するどころか文句を言うなんて。倫理ポイントがゼロになってもおかしくないほどの愚行だ。倫理ポイントゼロ。それは社会的な死を意味する。この男は本当に自殺志願者なのではないかとぼくは怯《おび》えた――が、自殺を止める、即ち命を救うという行為の気高さ、つまりは倫理ポイントを思うと、彼を見捨ててはおけなかった。

逆に言うと、ここで彼を見捨てることで、自分の倫理ポイントがマイナスされることを恐れたとも言えるのだが。

ぼくは知りうる限りの言葉で、彼に命の大切さを説いた――即ち倫理的であることの大切さを。それに対して彼はこう言ったのだ。

「いいんだよ、ここではそういうのはいらないんだ。この場所では――ここ、このビルの谷間には、何をしてもいい自由があるんだ」

最初、意味がわからなかった。寝ぼけているのか酔っ払っているのか――自由なんて迷信を、彼は信じているのかと思った。ぼくは何重の意味で、彼を目覚めさせなければならないのか。

それを思うと慄然《りつぜん》としたが、しかしぼくが本当に慄然とするのは、彼の話を詳しく聞いてのことだった。

ビルの谷間。

それも、建築上の理由でわずかに生じたと思われる一畳ほどのデッドスペース——ぼくが仕事に向かう際、いつもそばを通る、そんな日常の風景に溶け込んでいる死角には、ぼく達の社会に、満遍《まんべん》なく撒き散らされているはずの管理カメラが一台も配置されていないのだと、彼は言った。

あるべき、光っているべき目が。

ひとつもそこには向けられていない。

整備も舗装もされていない、むき出しの荒れた土——人一人が寝転べばそれで一杯になってしまうようなデッドスペースだが、つまりそこには、確実な自由があったのだ。

「ここではどんなに怠けていても、ポイントがマイナスされることがないんだ——お前さんみたいに、いい奴の振りをして、俺の心配をしている振りをしても、ポイントが加算されることもないがね」

と、彼は言った。

ぼくの心中をいやらしく見透《みす》かすように。

「だから俺はここで生活している。快適とは言いがたいが、ここには自由があるんでね」

自堕落さを隠そうともしない彼だったが、しかし、まるで勝者のような口調でそう言った。

だけどどうして。

管理カメラに盲点があるなんて、ありえないじゃないか。

「知るかよ。機械にだってミスはあるんだろう――ミスが、そしてバグがな。それを発見できた俺は幸運だった」

あるのだろうか。この倫理社会に、そんな穴が――だが、彼の存在が、そして彼の生存が、何よりの証拠でもあった。ぼくが見ている前だけでも、彼の犯した倫理的犯罪は、既に取り返しがつかない数量に達している。ぼく達の今において、路地裏での生活を裏打ちするものは、自由の一語に他ならないのだ。

「大体、気持ち悪いとは思わないか。みんないい子ちゃんみたいな振りをして、その腹の中じゃあポイントのことばかり考えている。相手のことを思うような素振りで、自分のことしか考えていない。いいことをしたんだから褒めて欲しい、頑張ったんだから褒めて欲しいっつって、褒められたがりばかりの世の中になっちまった。だが、どうなんだよ、それって。気持ちが全然こもってないじゃないか。人間らしい行為？だがその人間らしさのどこに心がある。人間らしい行為に、人間らしい気持ちがまるつきりないんじゃあ、どうしてそこに人間がいるなんて言える？　一番の人間らしさは、自由じゃあないのかね」

普段ならば酔っ払いのたわ言だと聞き流せるそんな彼の物言いだったが、彼が本当に自由を知っているとなると、話は別だった。

きみ達だって、『この世はお金じゃない』『お金よりも大切なものがある』なんて言葉は、大抵《たいてい》の場合たわ言にしか聞こえないだろうが、だからこそ、それをたわ言でなく、真実味をもって言える誰かに会ったときは、殺意にも似た羨望《せんぼう》を覚えるのではないだろうか？　愛かもしれないし、夢かもしれないが——それが本当にお金よりも大切だということを『知っている』誰かに会ったら……、くだらない絵空事の価値を知っている誰かに会ったら、きみ達だって、そいつを殺したいほど憎くなるのではないだろうか？

少なくともぼくはそうだった。

だから殺した。彼を。

倫理的な配慮を一切することなく、ぼくは彼を、気がついたら殺していた。

■■

断っておくが、これは監視の目のないところでは、人はたやすく倫理を見失うという教訓を孕《はら》んだお話ではない。監視の目のないところでは誰だって平然と罪を犯すはずだ——なんて主張するつもりはない。ぼくの罪はぼくの罪であり、人間全体の罪悪とは違うものだ。

だけど仕方なかったとも思うのだ。

ぼくに言い訳の余地はある。

そのデッドスペース——本来存在するはずのない管理カメラの死角は、わずか一畳。人一人分のスペースしかなかったのだから、もしもその場所を欲するのであれば、前の住人を追い出すしかなかった。出て行ってくださいと頼んで出て行ってくれるはずもないのだから、実力行使に及ぶしかなかった。他に、ぼくが自由を獲得する手段があったのならば教えて欲しい。そんな社会のバグが他にもあるとは思えないし、あったとしても、意図的にそんなスペースを探す行為は、どう考えても倫理的にマイナスとなるのだから。偶然、そのデッドスペースを見つけられた奇跡を、ぼくは大切にするしかなかった。

そもそも彼も無用心だった——どうせ彼も同じように、前の住人を排除することで、このデッドスペースを獲得したに決まっているのだから。

彼が第一発見者であるという可能性ももちろんあるが、それよりも、ここはそんな風に、この倫理社会のエアポケットとして、代々受け継がれてきた土地なのだと考えたほうがしっくりくる。

少なくとも、彼の死体を埋めるために掘り返した、荒れた土の下からざくざく出てきた白骨には、しっくりくる。

大量の死体の真上で寝転ぶというのは穏やかではなかったけれど、それは決して青《せい》天白日《てんはくじつ》の下、大の字になって寝転ぶ気持ちよさを打ち消すものではなかった。

彼の言葉が思い出される。

ここには自由がある。

その通りだった――もちろんぼくもいずれ、この土地を偶然に発見する誰かによって、殺されることになる。彼とは違い用心するつもりだけれど、奥まったところにいるぼくのほうが、争いごとには不利だ。ぼくを殺そうとする者は、たやすくその目的を達することだろう。

だけどそれでも構わない。ここを離れようとは思わない。留守中に横取りされるかもしれないと思うと、最小限の外出さえも億劫《おっくう》だ。

外出。

そう、ぼくにとって、倫理社会はもう外側だった。

殺されることも傷つけられることもない平和な世界に、ぼくはもう戻りたいとは思わない。人との繋がりもなく、縁もなく、社会性もなく、娯楽もなく、広がりもなく、未来もなく、当然倫理なんてものもなく、しかしここには自由があるのだから。

ここには自由がある。

それはここにしかないものだ。

自由と平和が同じものであり、同じ価値を持ち、それゆえに自由と引き換えに平和を得たぼく達の倫理社会、ぼく達の今。だけど、その等価交換が可能ならば、反対に、平和と引き換えに自由を得るという取引もまた可能なはずじゃないか。

平和とは程遠い、人の目の届かぬ危険地帯において、ぼくは遠からず死ぬのだけれど、しかしぼくは死ぬまで自由なのだ。

その事実はぼくをこんなにも、人間らしい気持ちにしてくれる。

A 倫理社会

禁断ワード　えすたちにぬふほよわ

厳禁ワード　さそとねめる

■■

拙者《せっしゃ》らは自由を失い平穏を持てり。

なんて言っても、汝《なんじ》らの時刻の汝らは、拙者の時刻の拙者の言う話を半《なか》ばも理解できまい——汝らの時刻では、自由は平穏、平穏は自由。前者を失い後者を持つなんてできない話なり。しかし思い込みを廃棄し、こう解釈してはいかがか——自由、平穏。これこれが同じなら、これこれは交換が可能なりや。

なので拙者らは交換せり。自由を支払い平穏を貰《もら》う仕組みを作り上げん——むろん、作り上げしは拙者らではなく、拙者らが生まれし時刻では、もうこう決まりし仕組みなり。

拙者の個人的な思考では、実現可能性はおくが、汝らの時刻の仕組み、つまり自由、平穏を同じく追う仕組みを否定しない。しかし汝らの時刻の仕組みへの肯定を意味せし言語を、これまで拙者は言いし経験なし。

仕組みなり。

汝らの仕組みへの肯定を言う自由を持てない仕組みなり——拙者らは平穏を持つから、自由を持てない。

却説《きゃくせつ》、こういう平穏を——しかも恒久的な平穏を如何《いか》なりて拙者ら……、正確を期して言う、拙者らの先人かつ汝らの子々は、実現せしか？　これは監視ビデオを使いしなり。監視ビデオ。これは汝らの時刻の言語へ並べし言いであり、拙者らの言語では、あれらは、管理ビデオなり。

拙者らを管理せしビデオ。管理ビデオ。

管理ビデオは社会へ満遍《まんべん》なくありし——繁華街や銀行のみならじ。森の中、海の中、高空の中。民家内はむろん、電子世界まで、管理下なり。かつ、見張りし。

拙者らの行為を。

拙者らからは可視ならじミクロのビデオが拙者らを見張りしは、やや矛盾せし小話《こばなし》なりが——結論、拙者らは日がな、生まれしから臨終まで、管理ビデオから見られ続けり。

こう聞けば、汝らは『ありし話なり』の感を持てりや？　市民の安全が目的のビデオセッティングは、汝らの時刻でももう満遍なくありしものなりや？　うむ。拙者も聞けり。まして汝らの時刻は、皆が電信機械で簡易ビデオを持つなり。いつ映りしか、いつ見られしか心配しつつ、ビデオの界内で生活せり——しかし悲しいかな、ビデオの界内での生活なら、汝らは拙者らへ敵《かな》いっこなし。

これはビデオの性能、マクロミクロの話ではなし——かしこから見られし『かもしれない』汝ら、かしこから見られし拙者らの話でもあらじ。

根源的な話。

汝らの時刻で言う監視ビデオは悪事を減らせても、禁止はできまい。汝らの言う監視ビデオは、悪事をゼロ化できない、まして善事を作れない、半端な記録機なり。

拙者らの監視ビデオ——管理ビデオは半端ならじ。

個人観の廃棄から生まれし完全監視は無論の話、『倫理点』が画期的なり。倫理点。この基準、瞠《みは》りし見張りの発案なり。

つまり、拙者らの時刻で、世界中へ撒《ま》かれし管理ビデオは、拙者らの悪事の見張りのみが役ならじ、善事の見張りも役なり——拙者らの倫理的行為をも、あれらは記録せり。

簡約して言うなれば、『善行は、己の利なり』を、管理ビデオは社会へ実現せり。倫理的行為をなせば、行為へ見合う倫理点が、個人管理番号へ『入れ』られ——非倫理的行為をなせば、やはり行為へ見合う倫理点が、個人管理番号から『引か』れしなり。

却説、では、倫理点は如何なりし基準なのか？

倫理点は全なり。一《いっ》であり、全なり。

全であり、善なり。

言うなら、汝らの時刻の貨幣なり。

貨幣制は倫理制へ、変化せしなり。

買い物。外出。飲み食い。通学。結婚。育児――これら、つまり、生活が、一定の倫理点を持ってなければできないのが倫理制なり。倫理点のみが、拙者らの生活を裏付けり。

しかし倫理点は貨幣ならじ。倫理点は使っても減らない――買い物をしても、倫理点はままなり。あくまでも、倫理点の上げ引きは、倫理的ジャッジのみから決まりし仕組みなり――倫理点は資格なり。生活を裏打つ資格、倫理資格。つまり一定の倫理点を持てば困窮せじ。むろん、浪費や寡占《かせん》は善行から離れし非倫理的行為なので、倫理点へ甘んじていれば、この資格は減り続けん……しかし、『善者』であれば、拙者ら、困窮せじは真実なり。反して、『善者』ならじ者は、未来は困窮しかなき決まりなり。

窮屈？

ああ、窮屈なり。

ここは自由のなき場なり――しかし平穏なり。

思ってもみれば如何か。

皆が貨幣を儲《もう》けんらしく、皆が善行の世界を――事実はここまで簡易的ではないが、善行をしなければ生きていけないならば、善行で暮らしが華やかへなれば、皆、己から善者を心掛けん。

困りし者へ手を伸べ。

批判しない、反論しない。

家庭を守り。

仲間を重んじ。

受け入れ、励まし合う。

貨幣が失せれば勤労も失せん？　これが失せない――汝らの時刻でも拙者らの時刻でも、勤労や勤勉は、倫理的行為なり。

むしろ社会への貢献ありし勤労や、献身は倫理的高点なり――同じく、なまけや非労は、倫理的減点なり。

倫理点は真実《しんじつ》、厳しきジャッジなり。

徹夜や仮眠も減点行為なり――一刻《いっこく》も早く就寝し、リカバリしなければならない。

しかし、一刻でも早く就寝せば給金ありなら、汝らは八九《はっく》、一刻も早く就寝せん。

勉学もしかり。

好成績は高点なり――結果が出なくても、日がな自主学習へ身を窶《やつ》せば、この『勤勉』は漏れなく点へ転化せん。

隠れし勤勉、隠れし頑張りが重んじられ、隠れし悪事や卑劣を暴く社会。

善因善果、悪因悪果。

自由の欠片《かけら》もなし――拙者らは生活の中、いついつも緊迫の姿勢なり。しかし周囲が善者ばかりなら、安心して生活でき、安心して生きられん。

むろん、思考は自由なり。拙者らの時刻でも内心の自由は歴然なり――管理ビデオも、心までは映せじ。しかし、もしも心を映せんビデオの開発あれば――心を管理せんビデオの開発あれば、直《じき》、拙者らの倫理制へ容《い》れられん。

ならば皆、心を映せしビデオを開発しまい？　汝らはかく思うかもしれないが、拙者らは逆なり――多くの技術者、心理学者が、心を映せしビデオを作らんが目的で、邁進《まいしん》せり。

行為のみではなく、心まで善へ繋《つな》ぐ機械の開発が、天文学的倫理点へ転化せん事実、公然なり。

■■

汝らが聞けば、拙者らの時刻は悪辣《あくらつ》な緊縛社会なり——徹底的管理、徹底的監視。しかし緊縛は守護でもあり、守護は緊縛でもあり。拙者らの時刻の平穏は、汝らの時刻の平穏の千倍万倍なり。

悪者《あくしゃ》おらじ、いても直、いなくならん——刑務施設はいらじ。なぜなら倫理点がゼロ以下では、飲み食いもままならないから。むろん、低点者への『親切』は倫理点へ転じし行為なので、飢餓《きが》までは行くまいが。しかし『親切』への乗りかかりもこれ悪事なり——つまり、面白おかしい生活は、倫理点のみありきなり。貨幣は窃《せっ》しても、しかし倫理点は窃せまい。

換言せば、悪者が善者へなりし、合理的な仕組みなり。貨幣制では彼氏の儲けは別の彼氏からの儲けなりしが、倫理制では彼氏も儲け、別の彼氏も儲けられり。善者は悪者を生まない。皆が善者へなれば、皆が利なり——まあ、これで無為《むい》な醜戦《しゅうせん》が起これば困れり。なので各人の倫理点は非公開なり。拙者らの社会では、皆、己の倫理点も、皆の倫理点も知らない。

己の倫理点を知らないのは、己の価格を知らないのであり、大きな『買い物』をせし機会は、緊迫の機会なり(己の価格超しの『買い物』は非倫理的行為なり)が、これは己の善行へ胡坐《あぐら》をかくを戒む話なれば、これが次善なり。慈善なり。各人、買う機会、せん機会、機会あれば毎時、己の価格、己の資格へ向き合うなり——己はこれを買う資格、これをせん資格がありやなしや？　拙者らはかくして、己を磨くなり。己を磨きし結果が開かれん時刻は死後の話なり。倫理点の非公開の縛りは死をもってなくなり、各人の倫理点、広く公《おおやけ》へ開かれん――つまり、拙者らの時刻では、死後、故人なりし個人が、如何な者、如何な『善者』なりしか、開かれん仕組みなり。拙者らは、高点者へ敬意を払う。低点者は別の山の石なり。

管理ビデオが見張りし拙者らの善事（もしくは悪事）への倫理的ジャッジは、陪審員ではなく、陪審『機』が決定せん。者は者をジャッジできまい――これが拙者らの『決まり』なり。日々変化せん拙者らの倫理、哲学、価格観を受けしジャッジは、管理ビデオから連なりし孤立的陪審機の役なり。倫理的ジャッジは拙者らへは生死の話なので、遺漏なき機械の仕組みは嬉し。

むろん機械は孤立的であれ、孤立せじ。全国民を間隙《かんげき》なく管理せんビデオ、陪審機の維持は、維持費のかかりし仕組みなり。しかし貨幣制なき拙者らの時刻、税金もなし。つまり陪審機も管理ビデオも、国民が無私の勤労で支持せん仕組みなり。まあ、無私の勤労の倫理点の高点は、言うまでもなし。

言うまでもなし。

これは管理を受けし拙者らが、己から管理を受けし仕組みなり――己から管理を希求せん仕組みなり。ならば汝らが言うはありでも、拙者らは拙者らの今を、緊縛社会なんて言うはなしなり。

これは拙者らの安全社会。

暴れない、迫害しない、区別しない。

皆が皆へ親切な社会。

能ありし者はこれを惜しみなく世界の発展へ向け、能なき者も、同じ姿勢を持つ社会。

自由はないが、平穏が満つ社会。

拙者らの安全社会は、監視的で、管理的で——倫理的なり。

■■

かく言う拙者は、つまりこの倫理社会へもの申しなく生活し、恩恵を受けし『善者』なり——汝らの貨幣制へのもの申しない生活へ如《し》く——しかしやはり、汝らの時刻の自由、平穏を同じく追う仕組みを否定せん。否定できん。自由、平穏を追い、かつつかむ仕組みが実現せん社会の高邁《こうまい》は、実現可能か否かはおくも、理解可能なり。

見られし感覚が緊迫を生み。

見られし感覚が拙者らを善者へせん事実。

善者——むしろ聖者へもせん、歓喜の倫理社会——しかし思う瞬間は皆無ではない。見られない時間があれば。己のみの時間があれば。

監視下、管理下でない一瞬があれば——同じく歓喜なりや。

が、これは言うなら飛行の希求なり。妄言なり。実現可能性が皆無なので思う妄の想いなり——あの日、倫理的通勤の中、今までなき路地裏を発見せん時刻までは。

今までなき？　否、いつもありしいつもの、間隙の路地裏なり。しかし拙者は、今まで、気付かないで通勤の流れなり——あの日も、偶然見しのみ。

却説。

路地裏へ大きく転がりし『彼』あり。酒気帯びの転がりなり。

なんて姿勢なりや。拙者は思う。

言うまでもなく、彼の行為は倫理的減点なり。酒気を帯び、かつ、公然で転がり——減点へ次ぐ減点、言うなら倫理点の廃棄行為なり。皆の視線を、管理ビデオの視線を、これは無視せん姿勢なり。

なんて姿勢なりや。こう思いつつ、拙者は同じく思う——『好機なり』。この手の『悪者』へ、模範的善行を指示せん行為の、倫理的高点は明らかなり。

好機なり——点稼ぎの好機なり。

汝らの時刻からは、点稼ぎの善行は忌《い》むべきかもしれないが、拙者らの時刻は、善行は区別なきものなり。善も偽善も同じく善なり。

しかし、拙者の善意の心配、善意の揺り起こしへ、彼はこう言う。

「やかましい。失《う》せろ」

信じられない言説なり。

周囲からの親切へ向けての攻撃的発言——倫理点のゼロ化もあろう愚行なり。倫理点ゼロ。社会的死。彼は自死を希求せし者なのか？　震撼《しんかん》なり——が、自死を希求せし者を改心の域へ連れていく倫理点の高潔は、拙者をして彼を揺らし続けり。

むろん、ここで彼を置いて失せれば、拙者の倫理点が大きく減ろう。この展開も、拙者の善行を励起《れいき》せん。

拙者は美辞麗句を尽くし、彼へ生の意味を聞かせり。つまり倫理的行為の意味を聞かせり。が、彼の反応は——

「いい、いい。ここでは倫理はいらない。この路地裏は、自由のありし場なり」

はてな。彼は妄言を言うなり。

酒精のせいか、眠言《みんげん》なのか——もしかして、彼は自由なんてものを信じて？　ならば拙者は何重の意味で、彼を起こせばいいのか。

愕然《がくぜん》なり——しかし拙者が真の愕然を知りしは、この後《ご》の彼の言からなり。

路地裏。

繁華街へ偶然生まれしこの路地裏、転がれば満室のこの死場《しば》は——拙者の通勤経路へごく自然でありし死角は、社会へ満遍なくありし管理ビデオがない——彼は言うなり。

管理ビデオの管理下では。

ここはない。

彼は言う。

整備も整理もしていない荒れし死場、路地裏——狭き門、狭き場。しかしここは確実な自由がありし死場なり。

「ここでは如何な行為をなしても、倫理点は引かれない——同じく、汝が俺へ親切をなしても、入れられし倫理点はないが」

彼は言う。

拙者の心をいやらしくあしらう。

「なので俺はここで生活せん。快適ではないが、ここは自由なり」

転がりしまま言う彼。しかしオーラは、優者のオーラなり。善者ではなく優者なり。

しかし如何な経緯で？

管理ビデオの盲点なんて、あってはならない。

運を、守らんのみなり。

言うなら彼も愚かなり。彼も同じく、先住者を殺し、この死場へ転がりし者なり——彼も同じく、殺しし者なり。むろん、彼がこの死場の、始まりの発見者かもしれない。が、拙者は思う。ここは、倫理社会の穴——穴場は、こうして受け継がれて来し死場なりや——彼の死骸を仕舞う目的で穴を作れば、穴場の穴からいっぱい出《い》で来し死骸の山が裏付けなり。

死骸が埋まりし場で転がりしはなかなか趣ありし行為なり——しかし、青天白日の場で転がりし趣、これを超せり。

彼の言、妄言ならじ。

ここは自由なり。

真実なり——むろん、いつか新規の者が先住者の拙者を殺し、拙者は死なん。彼を鑑《かんが》み気をつけても、まあ死なん——路地裏は狭い。路地裏では、奥の拙者が弱者なり。新規の者の『引っ越し』、簡易ならん。

しかし拙者、これでOK《オーケイ》なり。拙者、もうここを離れん——離れし間《かん》のセキュリティを思い、買い物目的の外出も億劫《おっくう》なり。

外出。

可なり。

拙者からは、倫理社会はもう外界なり。

平穏な社会は、もう懐かしくもない——この死場は、繋がりもなく、顔見知りもなく、社会性もなく、娯楽もなく、広がりもなく、未来もなく、むろん倫理なんてものもなく——しかし、ここは自由なり。

ここは自由なり。

ここは自由なり。

ここのみ、自由なり。

自由、平穏。

自由を費やし平穏を持つのが倫理社会、拙者らの時刻なら——平穏を費やし自由を持つのがこの死場なり。

平穏の欠片もなき、管理下でも監視下でもない死場の穴場で、直、拙者は逝くべき身なり——が、拙者は死の瞬間まで、自由の身なり。

この事実が拙者をこうも、拙者らしくせん。

B 公序時代

禁断ワード　くけせひまやゆりれん

厳禁ワード　さそとねめる

■■

私達は恣意《しい》を捨てて、平和を手にした。恣意を捨て、私意を捨て、思惟《しい》を捨て、平和を手にした——平和に達した。

あなたがたには違和的な話かな？　あなたがたの時代では、平和は意志あっての状況ってのが常識だもの。でも、違うの。むしろ個々の意志が——個々の恣意が、平和の敵。

　こう思って。

　恣意を捨てて平和を得たのが、私達の時代なの。

　私達って言っても、私達はこの平和を継いだのみで、恣意を捨てたのは大昔の、でもあなたがたから見たら未来の民達なのよ。だから私の恣意では、あなたがたの時代のように、恣意で裏打ちした平和を、嫌いではないのよ——ただし、私の恣意って、あってないようなものなの。

恣意があってない、意志があってない。

私があってないスペース。

平和的スペース。

で、この平和的スペースを——しかも永き平和的スペースを、いかに私達が……、大昔の私達が築いたか？　ええ、『平和写し機』で築いたの。『平和写し機』。無骨なこの名は、確かに内実を、確かな機能を表していてよ。

平和を写す機械。

平和を築きし機械。

平和写し機。

このミニミニな機械は、私達の時代のあちこちにあって——華々しい道にも裏道にも、木々の中にも海の中にも、月にもあって——、個々の家々はおろか、ウェブの中も、写していて。

写していて、見張っていて。

平和を維持していて——ええ、私達は言うなら、見えない機械の視界の中に住む民なの。不思議は不思議よ？　一日機械の視界の中、機械の支配下の私達だもの。

私達は平和写し機の視界の中で、生きて死ぬ。

如何《いかが》かしら？　別に大した話ではないかしら？　あなたがたの時代でも、似たようなシステムはあって、あなたがたも機械の視界の中、生きて死ぬのかしら。個々の民が個々の機器で、互いを写し合うシステムは、あなたがたの時代では既に開始していた――確かに。でも、私達の時代での『写す』の意味は、あなたがたの時代での意味の、倍はあってよ？

別に機械の仕様の話ではないの、規模の話でもない――ライフプライバシーの、写った時数《じすう》の違いでもないわ。

だいたい、あなたがたの時代の機器は、罪の防止にはなっても、罪の廃止にはならない。だから一歩進み、機器にて『正しい』を、平和自体を生むのは不可能――でしょう？

私達には可能。

私達の平和写し機には可能。

プライバシー放棄の法規からの『見張らし』をベースにした、公序値ってシステムが画期的だった。公序値。ええ、この公序値が、罪を廃止し、平和を生むの。この世から罪を控除した――確かな公序値よ。

要は、この平和写し機は平和を乱す行為のみを見張らす機械ではない――平和を生み出す行為をも見張らすの。乱す、生み出す、一緒に見張らすのが『平和写し機』なのよ。

平和を生み出す行為――平易に言うなら『いい行為』。

私達の時代では、この『いい行為』をしたら報奨ものなの――報奨が公序値なの。公序に適《かな》う行為で公序値は上がって……、でも、公序に適わない行為で公序値は減って、おのおのの個別データは昇降の体。で、この公序値が何かって言えば――公序値はすべて。

すべてよ。

あなたがたが思う貨幣みたいなもの。

私達の時代では、貨幣は公序値に代替したの。

だから、買い物にも、闊歩《かっぽ》にも、飲み食べにも、学校に通うにも、家庭を持つにも、子を持つにも、見合う公序値がいってよ？　公序値なしでは何もできない――私達の時代なの。

ただし貨幣のように、公序値は使っても減っていかない――買い物をしても、数値は減らない。公序値の昇降は行為のみ。私達の常識なの。なので公序値はパスみたいなものかしら？　公序パス。ライフパス。このパスを持ってたら、飲み食べに障害はないの。生涯『いい者』なら、生涯障害はないの――ただし、『無駄遣い』も『買い過ぎ』も公序に適わない行為なので、公序値の低下はもち、あってよ？　でも、『いい者』であらば、生きよい世の中なのは確かよ。……しかし、『いい者』でないなら、生きようもない世の中。

生きようもない。

ええ、ものすごい生きようもない。

ここには意志もないし恣意もない。

ただ平和なの。

思ってもみてよ。貨幣を欲しい者達が、みな公序値を欲しいって言い出したら——皆が公序値を持ちたがって、いい行為ばっかかを行う世の中。皆が『いい者』の世の中。

公序——互助。

和気《わき》藹々《あいあい》——愛。

好情——交譲。

貨幣のない世の中ではみな働かないってのは、無駄な気遣いよ——いっぱい働き、いっぱい奉仕。公序値の上昇、甚だしい。あなたがたの時代でも、同じよ。

ただし、同じように不労で公序値は下降。

シヴィアな指数よ。

夜更かしも過睡《かすい》も公序値にかかわって——従って、『平和写し機』を見返したいなら、夜更かしも過睡もしないほうがいいわ。しかし夜更かし、過睡をしないのみで貨幣を得たら、あなたがたも素敵って思うものよ。

学校の模試だって、同じ。上出来なら公序値は上がって——不出来でも、模試に対しての姿が確かならば、見合った値《あたい》がプラスに、よ。
地下での姿の数値化。
シヴィアなシステム。
プライバシーのない世の中——私達の死の際《きわ》も、機械は私達を『見張らし』続き
……、落ち着きはない。しかし『いい者』ばっかの世の中なら、落ち着きを持つよ。
ちなみに、恣意も意志もないが、『意』のみはあってよ？
『意』は——心のみは、私達の時代にも。
平和写し機にも、心は写らないって話……ただし、もしも心が写ったら、いつでも
私達の世の中は、私達の心を写すでしょう。心も、公序値の対象に……。
ならば皆《みな》、写しはしない？
心を写す機械を開発しない？
違うわ——あなたがたの時代ならしないかも。
しかし私達の時代なら、心を『いい者』にしよう公序値を思い、みな、『いい子』
のように、平和写し機の開発に血の滲《にじ》む様子だよ。
■■

あなたがたの時代からは私達の時代は、馬鹿馬鹿しいシステムの世の中に見えようよ——徹底した個々の放棄、徹底した一体。でも、馬鹿馬鹿しい世の中も、意外に、賢過《かしこす》ぎに並ぶものよ。だって、事実、私達の時代はあなたがたの時代の、倍の乗倍は平和なのよ。

いい者ばっか。あっちもこっちも、いい者。

いい者以外の者は、いてもいないようなもの——私達の時代には、拘置所もないの。公序値がないような『いい者以外』は、食べ物も手に入らないのだもの。しかしながら、公序値の薄い者への情は報奨の対象なので、『いい者以外』も、飢え死にはしない。飢え死にはしないが、好意に浸《つ》かってばっかでは、ええ、未来はないの。盗み？　貨幣ではないの。公序値は、盗みの対象にはできない。

いい者でない者——『いい者以外』のほうが、いい者になろうって思うシステムなのかも。貨幣は奪い合い。でも公序値は奪い合いではない。一方が『いい者』になっても、もう一方が同じように『いい者』になっていいシステムなの。

ただし、奇妙な対抗にならないよう、個々の公序値の公開はなしなの。私も私の公序値を知らないし、何者の公序値も知らない。

恐怖は恐怖よ——己《おの》が身の公序値を知らないのは、大きな買い物時《じ》にはなかなか怖い。身に合わない買い物は公序値の下降——でも、この恐怖が、私達を己が身磨きを怠らない私達にした。欲しいもの。したいもの。私の欲しいもの、私がしたいもの。欲していい私か、していい私か——

で、己が身磨きの答は死後に公開よ。伏していた公序値は、おのおのの死後、世に出て——要は私達の時代では、死後、いい者かいい者以外か——如何《いか》にいい者だったかが大公開って話なのよ。高値《こうち》の者は高い地位、低値《ていち》の者は下位。だったらもう、いい生き方をして、高い地位になろうよ。

平和写し機が『見張らす』私達の公序的行為（不公序的行為）の値は、機械の設《しつら》えよ。私達の行為も、公序値も『見張らす』べきは機械なの。私達の常識——機械にミスはない。不定の公序を秩序立て、『平和写し機』で写す私達の平和を、公序機は公平に期すの。

平和写し機も公序機も、機械よ。機械は私達なしでは動かない——膨大《ぼうだい》なエナジー、膨大な労役あっての機械。貨幣なき私達の時代、徴貨も徴兵もないので、民の無私の奉仕のみが、かの機械の動きの裏打ちなの。ただ、世のシステム維持への無私の奉仕が、公序値の上昇でないって話はないわよ。

奇妙なものだわ。

私達は私達を縛って結ぶ縄を、自ら綯《な》うのだから。

私達は自ら『見張らし』の対象へ。

ならば私達の時代は、馬鹿馬鹿しい時代ではない、華々しい時代だ——って、あなたがたではない、私達が言う。言うしかない。

私達は時代を正しいって言うの。すばらしいって。

横暴も、嫉害《しつがい》も、蔑視《べっし》もない。

温かい時代。

強い者は己が身の強みを公共のものに。

弱い者も公共への奉仕——個はない、個々もない。

ここに個々はないが、しかし平和があって。

行為が幸為で、公為で。

私達の時代に私はいないが——でも、私達の時代なの。

■■

で、こうして、私は私達の時代を、不思議に思わず生きていて——あなたがたがあなたがたの時代を不思議に思わず過ごすように——しかし、端《はな》に言ったよう、私は恣意あっての平和を嫌ってはない。平和があって、しかも恣意があったら、素晴らしいの上に素晴らしい。

『平和写し機』は私達を『いい者』にはした。

でも、『いい者』には『私』はいない。

『いい者』がもしも『清き者』であっても、『私』ではない。

『私』があって、平和もあったら？

わずかでも、『私』が『私』の時代があったら……私は私の時代。嫌えようはずもない。しかしこの希望は、『己が身の力で浮かぶ』って希望に近い。できないから――無体だから、見たい夢境《むきょう》なのよ。いえ、夢境だったの。あの朝《あした》、働きに向かう中の、あの場所に。

建物の間のあの場所に。

あのスペースに入って、夢境は、違うものになったわ。

平和的スペースの中の、あのスペース。

スペースの中のスペース――排除のスペース。『排除』って語は公共的ではないが、ここの中のここでは、使えたのよ。

建物の間の道、路地裏で、彼女は泥酔していた――泥酔し、ごろごろしていた。

疑った。彼女の姿をではない、私の意識を疑ったのよ。

泥酔し、ごろごろ？　この行為は、私達のシステムのコア、公序値を思えば、ほぼ自傷行為だ。しかも公共の場で。愚かし過ぎ――一語もない。

が、私は私の意識を疑いつつも、『好機だ』って思ったの。

彼女のような愚か者に、正しい行為を教えて、立ち直らす。

膨大な公序値をもらえよう。

あなたがたの時代から見たら、公序値が欲しいから『いい行為』に出ようって私は蔑視の対象かも――でも、私達の時代では、『いい行為』を識別しない。私達が『いい』を偽っても、『いい』は私達を偽らないの。

しかし、大丈夫？　って言った私の声を、彼女は嫌った。

「うう……、もう、静かにしてよ。わずらわしいなあ……」

ごろごろしつつ、私の耳を疑った。わずらわしい？　いよいよ私は疑った――彼女ではない、彼女はこう言った。否《いな》、この言いよう……、暴挙も甚だしい。公序値の消失も甚だしい。気遣いに対して、この暴挙、下手をしたら、公序値の消失もあって……、だから彼女の行いは、自傷行為をも超えていて。

だから私は息を呑《の》む。却《かえ》って、息を呑む。

もしも彼女を糺《ただ》したら――正したら、果たして私の公序値は、いかに上昇しようか？　って。裏を返して、彼女のような愚か者を捨てて行ったら――『平和写し機』が私の無情を『見張らし』たら、私の公序値の下降は、息を呑むでは終わらないが。

私はすべての語彙《ごい》を用い、彼女に正しき道を――『いい』を教えた。公序的に生きよ、正しき道を生きよ——って。しかし彼女は私を、こう一笑したの。

「いいのいいの、この路地では、『いい』はいいの——いらないの。この路地では、なにをしても『いい』なのよ」

意味がわからなかった。『いい』が『いい』？　いらない？　意味がわからない……。睡気《すいき》が彼女から知能を奪っての発語なのか？　こうして話してはいても、起きてはいないのか、彼女は。

怖かった——怖がった。

この平和な時代において、起きながら起きてない彼女を、私は怖がった——だが、怖いのはここからだった。如何にして、『いい』が『いい』なのか、彼女は言ったの。

路地裏。わずかなわずかな、建物の間。愚か者がごろごろして、泥酔してごろごろして、足の踏み場がないようなわずかなスペース。私が働きに向かう道の横道——言うならただの道。このただの道には『平和写し機』が、一個もない。

一個も。

って、彼女は言ったのよ。

私達の行為を写す機械が、視界が。

『ここ』にはない。

足の踏み場もないわずかなスペース。太陽の当たらない場所、むき出しの土、『いい』のいの字も見あたらない、言うなら私達の時代に空いた穴だが——ここでは、彼女は——『彼女』は『彼女』なのだった。

恣意があって。

意志もあって。

意志をもって彼女は——ごろごろしていた。

「ここでは如何に怠惰でも、愚かでも、罰はないの。あなたみたいに、『いい者』のように私を気遣っても、報奨がないように」

彼女は言った。

私を笑った。

罰も報奨もない——公序値の動きがない？

「だから私はここから動かないの。狭隘《きょうあい》な路地は、快適ではないが、しかしながら、ここには『私』があって、『私』が生きていて、『私』が『私』なのだもの」

怠惰も愚かも、むしろ誇らしい、彼女の言いようだった。

しかし——不思議だ。『平和写し機』に、写し得ない場は、この時代にはないはず——

「ないはず？　いいえ、あってよ。ここが、機械の穴——ここが機械のミス。で、ミスは私に見つかった」

私達のミスを見張らす機械のミスを私が見張らした。

彼女は言った――しかし、あっていいのか。この時代に穴が――でも、彼女のこの言い自体が、時代の穴を意味していた。穴でない場で、許可できようはずもない彼女の言い――彼女の恣意。

「だいたい、キモいでしょ、この時代――皆、いい子ぶって、いい者ぶって、実は数字ばっか気にしてて。公序値って言うのに、実は『わたしわたし値』でしかない。わたしがわたしが――って思って、『いい子』になって。わからないわ。だって、この時代には心がないもの。平和があっても心がない。わからないわ。『いい子』っていうのは、行為がいい子ではない。心がいい子でしょう？」

心。

いつもなら聞き流す泥酔者《もの》の戯語《ぎご》だった――だが、『いつも』ではない穴での戯語を、聞き流すはずもなかった。

あなたがただって、もしも貨幣の価値を笑う者がいたら、笑う者を笑うだろうが、しかしだから、笑う者が貨幣の価値を知った上で笑っていたなら――あなたがたは笑わず、怒って。

怒って怒って――殺したいって思わない？

貨幣に、価値がないって、知った者を。

殺したいって思わない？

私は思ったわ。

だから殺した。

私は。彼女を。殺した。

公序値を――公序を無視して。

でも、無私ではない。

■■

情状は欲しい。でも、違う。私の話は『平和写し機』のない場では皆、平気で罪を犯す――って話ではないの。私の罪は私の罪。時代の罪でも、私達の罪でもない。私の罪だ。

しかし情状は欲しい。

言いたい。仕方なかった、って、言いたい。

時代の穴は――路地裏は、たった一畳の穴だった。もしもこの穴に住みたいなら、彼女を追い出すしかなかった。『出て行って』って頼みを、聞こう彼女ではないよ。

だから殺すしかなかった。他に方法は？　他に穴は？　もしも他に穴があっても、公序的にはないようなもの——公序値的にはないようなもの。ラッキーでしかない穴なのよ。ならば私は、このラッキーを大事にしよう。

だいたい彼女も迂闊《うかつ》だった——彼女も私みたいに、『私』を殺して、スペースを得たに違いないのだから。ええ、確かに、彼女が時代の穴をいのいちに『見張らし』たパイオニアって話もあろうよ——でも私的には、この場が、この穴がこうして、代々殺した者が継いで来た場って思う方が適っていた。

荒廃した土を掘った私的に。

大挙して出てきた死体、大挙して出てきた白骨に適っていた。

死体の上でごろごろ——って、ええ、気持ち『いい』ものではないが、でも、太陽の下《した》でごろごろ——って、『いい』ものよ。

彼女の戯語を思い出す。

ここではなにをしても『いい』。

ええ、彼女は正しかった——ええ、私もいつか、死ぬ。この路地裏にいたら、次の『私』は、私を殺して、私になろう。彼女のような迂闊はしないが、でも路地裏でごろごろの身は、戦いには不向きだ。私を殺したい次の『私』は、私を抵抗なしに殺すだろう。

しかし私は『いい』。私を殺しても、『いい』。ここが如何に危ない場でも、出て行きたいって思わない。買い物にでもなににでも、わずかにも出て行かない。穴の域外に出て行かない。

域外。

ええ、私にはもう、平和な時代は域外だった。

この穴が私の生き甲斐だった。平和で温かい時代に帰って、公序行為？　皆で繋がって、和気藹々で、落ち着いて、楽しい未来への道——私はもう行きたいって思わない。

行かないでもいいの。

ごろごろしていて——いい。

ここではなにをしてもいいのだから。

ここではなにをしてもいい——私は私でいいのだから。

私は私なのだから。

こうして恣意を失い平和を得た時代、私は平和を失い恣意を得た。私は平和を失い私を得た——直《じき》に失うかすかな私でも、確かな私を得たのだった。平和的スペースから危機的スペースに移った私は、路地裏で、不意に、死ぬだろう。でも、『私』で死ぬ。

私が私で『いい』——心から私でいい。

行為ではない、恣意でいい。
この事実は、私の心を、いつになし、心地いい心にしたのだった。

LV.3 倫理社会

C 公序数

禁断ワード いおかつてなのみむろ

厳禁ワード さそとねめる

■■

儂《わし》らは自由を贄《にえ》に、安心を得た。

ゆうたら、自分らぁ現状に暮らす自分らには、こうゆう、儂らぁ現状に暮らす儂らん暮らしは、ちぐはぐに聞こえよう。自分らには、自由は安心、安心は自由。自分らには、全然ちゃわへんもんや。ただ、せやたら、こうもゆえへん？　ちゃわへんこれこれにゃら、チェンジしえよう――や。

せやし、安心は自由を贄に、得られようもん――儂らん現状は、こんレギュレーションを選んだ。まあ、選んだゆうより、儂らん生まれた時期には、これはもう済んだ選択やし。

儂ん私見は、自分らぁ現状んように、自由も安心も欲《よく》すレギュレーションもええちゆうもんや――ただし、怖《こわ》や怖や、こん私見はよう口に出せへん。

レギュレーション。

儂に私見をゆう自由はあらへん――安心ありしゆえ。

ま、こん安心を――常久《じょうきゅう》らしき安心を、儂らん先人、自分らん子々は、写真機を軸に仕組んだゆう浮き話《わ》や。写真機。もち、ゆうんは自分らん現状に合わせた表現や。儂らん現状、こん写真機は、『写倫機《しゃりんき》』呼ばれよう。

倫理を激写す、機器。写倫機。

写倫機ん役割は、儂らんマークや。あちこちにあり、儂らを張り、REC《レク》しよう。あちこち。街。銀行。森。洋。空《くう》。個人宅にも、コンピューターにも、写倫機はあり。儂らを張り、全方向マークや。

視認しえへん極小ん写倫機に、万時視認を受けよんは、まあ皮肉や。

自分らはこれを聞き、『写倫機？　全然当たり前やん』ちゅう気持ちを持ち、呆《あき》れようやもしれん――悪人ん犯行防止に、写真機を仕組もうちゅうんは、自分らん現状にも、もうありよう、ちゅうん？　せや――自分らん現状は、個人個人んスマホにすら、写真機はありよう現状やし、写真んレンズを気にし暮らしよんは、まだしも儂らに張りようや。

ただ――ちゃうんや。

自分らん写真機は、儂らん写倫機に張らん。

仕様やら、規模やらは、まあええやん。自分らは、始終機器に張られた暮らしちゃうし、儂らは始終機器に張られた暮らし――ちゅうんも、まあええ。ただし、自分らん写真機ん防犯は、所詮は『防犯』――負を減らすだけや。プラスを増やせへんし、『禁犯《きんはん》』にも如《し》けん。

儂らん写倫機は、ただしく『禁犯』。

プラスを増やす倫理機器や。

個人情報ん保護を放棄し、公序数ゆう基準を立ち上げた。公序数。儂らん暮らしは、公序数により根本よりチェンジした。負よりプラスへ、チェンジした。公序数は反数や。

要は、儂らをマークした写倫機は、儂らん悪行だけ張りよんちゃう――儂らん善行も、張りよんや。儂らん正しき、人間らしき言行を、常時マーク。

張られた儂らん動きは、全部公序数へ判断や。ええ言行はええ数値。あけへん言行はあけへん数値。せやし、公序数は常時上下しよん。

公序数は、自分らん暮らしにゆう、金銭や。せやし、儂らん暮らし全部や――こうゆう基準やん。

金銭、公序数に変じた。こうゆうわけや。

購入も、旅も食《しょく》も、勉強も、婚約も子持ちも、全部、公序数ありきや。せやし、公序数や足らん人間は、死んだようや。ただし公序数は金銭ちゃうし、欲しきもんを購入後、減りはせんよ——公序数ん上下は、写倫機んマークしよう、儂らん倫理言行（非倫理言行）だけに依《よ》んや。要は分限《ぶんげん》やらパスやらに近《ちこ》うもんやし。ゆえに、公序数を気持ち有したれば、暮らしに困りはせんわけや——暮らしに困りはせんゆう理由にだらけたら、公序数は減りよんゆえ、油断はしえへん。ただまあ、『善人』は暮らしやすう暮らせよう世ちゅうんはゆえよう——『善人』ちゃう人間は暮らしにくう暮らす世やけん。

不便？

まあ不便や。

自由を贄に安心を得た暮らしは不便や——不便ゆえに、安心や。

安心した暮らし。

人間ん、金銭を欲しよう気持ち、倫理を欲しよう気持ちに変じ——富裕人は倫理人へ、倫理持ちへ。ええやん、至高やん。まあ至高はまだしも、ええ言行やええ暮らしに、よりええ言行やよりええ暮らしに、直《ちょく》に役立ちよんや。これは誰も善人に変じようやん。

よく助け。

よく交流し。

よき父、よき母たらん。

ちゅうんは『働き』は消え、誰も不働きに——ちゅうんは渡し、受け、抱き合え。

友人に真摯《しんし》に。

給料はもらえんけん、儂らん世より『働き』は消え、誰も不働きに——ちゅうんは

ちゃう。逆に誰も、より働きよう。勤勉ちゅうスタンスは、自分らん暮らしにも、儂

らん暮らしにも、公序に似合うスタンスやん。

『写倫機』は、他人に、世間に役立ちよう働きを、公序数に評し、賞しよう——逆

に、だらけようもんは、公序数は減りよう。

まあ、厳しき判断や。

少しん遅刻やらも、儂らん公序数を減らしよう——厳しき判断。ただ、五分前言行

は公序数を増やす。遅刻せんもんは公序数を増やす——自分らん暮らし風にゆえば、

遅刻せんだけ金銭をもらえようちゅうんや、これは嬉しきレギュレーションやん？

勉強も、公序数判断。

公序数を得ようには、頭ぁええだけちゃう、勤勉に、勉強しようスタンスを持たに

ゃあけん。日々、集積しよう精進を——誰にもゆわへん精進を、評す機器、写倫

機。もち、集積しよう悪事をも——誰にもゆわへん悪事も、評す機器。

信賞云々《うんぬん》、心証云々。

自由は消えた、消えた、よりも下《した》。儂らは現時を暮らしよううちは、延々、写倫機

ん下や。ただし、写倫機ん下は、安全ん上や。注——こん現状にも、気持ちは自由や。気持ちだけは——写倫機も気持ちはマークしえん。不視《ふし》ん気持ちは——ただ、もしも不視をマークしえよう機器を拵《こしら》えれば、直《すぐ》にレギュレーションに組まれよう。ほんだら誰も拵えんやゆうんは、自分ら寄りん気分——現状、儂らは心身を削り、気持ちをマークしよう機器を生もうちゅう動きや。人間ん気持ちを『公序』しよう機器を生もうちゅう動きは、ほんま、公序数を上げようやん。

■■

自分らん現状より聞く儂らん現状は、哀れきわまれりちゅう風やん。ゆき過ぎた公序、ゆき過ぎた安全——ゆき過ぎた非個。ただ、ゆき過ぎた分だけ、儂らは自分らより、前に立ちよう。

悪は消えた、悪人は消えた。拘置所もあれへん、公序数ん負は死や——食事もしえん公序数ん負は、死や。まあ公序数ん負ちゅう悪人を救うんは公序ん内やし、周辺より助けられ、ほんまに死ぬ人間は微少やわ。ただ、助けに甘えよんは、これも非倫理言行やゆえ、助けられまくりはあけへん。究極、よう暮らす手段は、公序数を集積す、これだけや。金銭ちゃうんや、公序数は盗まれんし。

ゆうたら悪人も善人たらんちゅう、合理に組まれたレギュレーションや。金銭レギュレーションは、誰ん利益は誰ん負益や――、公序数はちゃう。善人誕生は悪人誕生ちゃう――善はただ、増えようだけや。まあ、競奔《きょうほん》はあけんゆえ、個々人ん公序数は非公表や。個々人ん公序数を、誰も知らへん。本人ん公序数も、他人ん公序数も。

公序数ん不把握は、ゆうたら貯金ん不把握やし、儂らは高級もんん購入にあたり、気分は緊張を禁じえん。購入しえんもんを購入しようゆう言行は、非公序やし。ただまあ、『善行にあぐら』よりは、公序数を伏せたほうや。儂らは機ありようたびに、儂ら自身を試験しようわけや。儂はこれを購入すんに、あたう人間？　まだ早き人間？　自身を知れ――ゆうわけや。

ほんまに自身を知れよんは、死後。誰も、死んだら、個々人ん公序数は世に公表や。公序数高値《こうち》ん死者は敬《うやま》う、公序数微値ん死者は敬われず――自身を知れよんは、自身ちゃう者らだけや。

写倫機んマークしよう儂らん言行を調べんは、人間ちゃう、機器や――これも機器や。写倫機にリンクした機器。日々変遷しよう人間ん公序、思考やら嗜好《しこう》やらを合わせ、ずれず、はずれず、儂らん言行を判断しよう。誤信ん顧慮《こりよ》不要ゆうんは、重宝や。

ただ機器は機器だけや動きよらん。人間全部をマークしよう機器、判断しよう機器を延々行使すんは、爆弾級に高費用や。金銭レギュレーションも消えた現状、徴金もあらへんゆえ、これら機器は儂らんボランチアに依りよう。まあ、ボランチアは公序数高値ん言行やし、儂らは嬉しげに、寄付しまくりや。

ほんま、奇矯やわ。

マークを受けよう儂らんほうより、嬉しげにマークを受けようわけやし——マークせえちゅう、機器に希望しようもんやん。ちゅうわけや、儂らは儂らん現状を哀れまれん。

現状、儂らは幸せや。

暴力も理不尽も上下も知らず、幸せに暮らしよう。

誰も、誰もに親交を持ちよう。

優《すぐ》れたもんは自分ん優れを世に知らし、優れへんもんは、優れよう張り切りを知らし——要は誰も、個ちゃう、世に暮らす現状。

自由を贅に安心を得た現状。

こん現状に暮らす儂らは幸せや。

■■

ちゅうわけや、公序数に疑問を持たず暮らしよう儂や——自分らもまた、金銭に疑問を持たず暮らしようように——ただし、ゆうたよう、自由も安心も欲しようレギュレーションを批判しようわけちゃう。逆に、自由も安心も欲し——胸中にしえたら、まあ、素晴らしやわ。

写倫機は儂らをマークし。

儂らを善人に、善人より上にもしよう写倫機——もしもこん写倫機、世より消えたら。二秒も、消えたら。儂らは未《ま》だ知らん、健《すこ》やく気持ちを得られよんやん……？

ただこれは、飛行やらを希望しよう童《わらべ》に似よう、ありえんゆえに、希望しよう希望や——公序数をもらうよう、働きにゆくうちに迷うた横町を知りえたあん日ん前は、せやし。

横町。建築地図ん隙間《すきま》。ただだん空隙《くうげき》。

迷うたゆうんは非公序やもしれんし、偶然踏んだゆう風にしょう……うにゃ、まあ、こん気回しは、究極には不要ん気回しや。

横町、隙間、空隙——ただん空隙に、伏しよう。

人間、ぐうぐう、伏しよう——酔うた末に伏したゆう様子や。

怖過ぎや。

ぐうぐう伏す？　酔うた末に？　公序数は減りようじゃすまへん愚行や。場所はこれまた、公共スペースや。写倫機にあふれよう現状、これは自死を希望しようもんや。ほんま怖過ぎや――ただこれは好機やちゅうんも、ほんまや。こうした不審者ん『ケーモウ』は、公序数ん向上、やまやまや。

好機や、好機過ぎや。

自分らん現状より聞けば、公序数を欲し、善行しようゆう儂は気持ちええもんちゃうやん？　ただ、儂らん現状には、善行んモチベーションは区分せえへん――善行に貴賤はあれへん。偽善は死語。善は全、全部善や。

ただ、儂ん善に、こん不審者は、負をもち答えた。

「黙れや。伏せようもんや、放置したれよ」

こうゆうた。

信じられん――他者より受けよう善行を、嬉しゅう受けん上、『黙れ』？　減りよう公序数、負に落《らく》せん風や――こん不審者、ほんまに死ぬ。負。公序数を、写倫機を知らんちゅう不審者ん振りように、儂はますますびりよう――ただ、不審者ん自死を『セーシ』しよう公序数ん高貴は、儂ん背を叩く。

まあ、他者ん自死を『セーシ』せん公序数ん不義も、儂ん背を叩くし――儂は全力を行使し、不審者に自死ん愚を謳《うた》う――公序、または公序数ん至高を謳う。

ただし、不効《ふこう》。不審者に儂ん語は不効――や。

「ええんや。ここは、公序は、ええんや。ここ……ここん横町は、ゆうたら自由やし」

自由。聞くに、疑問あふれん語や。エニグマやし――もしや、酔うた末んたわけ語？　自由を真に受けよう、こん不審者は儂ん器量を越えようや……、不安に縛られよう儂に、ただ不審者は、ゆうた。

より儂を緊縛しよう、自由んわけをゆうた。

横町。

隙間も隙間、狭くちんまり、死んだ横町――儂ん普段、働きにゆきよううちん、日常ん横町。儂らを張りよう写倫機は、こん横町をマークしえんや、ゆう。

全部をマークすべき写倫機や。

こん横町だけはマークしえん。

荒れに荒れた荒れ地――人間ん伏せようもんやら、ぎゅうぎゅうやゆう横町は、写倫機は公序をマークしえん、不毛ん地、安全ちゃう不安ん地や――ただし、ここは歴然に自由やん。

「ここはこうだらけようも、伏せようも、自由や――だらけようも伏せようも、公序数は減らへん。また、愚者を『ケーモウ』しようも、自死を『セーシ』しようも、公序数は増えんし――」

不審者、ちゃう、自由者はゆうた。

「ゆえに儂はここに暮らしよう。暮らしやすき地ちゃう——ただ、自由ん地や」

儂を揶揄《やゆ》しよう。

だらけたまま、ゆう自由者や。

自由者はまた——勝者やん。

ただ、不思議や。

写倫機は世を全部、マークしようはずや——

「知らんわ。機器ゆえ、バグはありもんや……儂はこんバグに、たまたまもぐれた幸運者ちゅうわけや」

幸運。ありよんけ、幸運やら——儂らん現状に。

安全はありようも、幸せはありようはずあらへん——抜けはありようはずあらへん、儂らん現状に。

ただ、目前ん、自由者は証拠や。自由者は自由ゆえにあり、自由は抜けゆえにあり——酔うた自由者、伏せた自由者。公序数ん減少を考慮しようはずもあらへん自由者ん自由——自由ありきん自由。

「ほんま、キモキモやん——誰も、ええ子ぶり、善人ぶり、心中は数字だけを欲しよう。公序ちゃう、公序数だけを欲しよう。ええ言行にはええ褒美、ご褒美もらえたらえぇ言行——これ、当たり前……これ、当たり前？ えらぁ変やん？ 言に行……ただ、気持ちは？ 心理は？ 善行に気持ち、あらへんやん。気持ちあらへん善行は、善行ちゃうやん。善行らしゅうはありようも、人間らしゅうはあらへんやん——ほんまは、安心に気持ち、あらへんはず、あらへんやん？ 気持ちあらへん安心を——安心ゆえん？」

酔うた不審者んたわけた喋りは、普段は気にもせんもんや。ただし、たわけた喋りも、これは自由者ん喋りや——気にせんはずもあらへん。

自分らも、『こん世《よ》は金銭ちゃう』『金銭よりええもんはありよう』ゆう、たわけた喋りしようもん、普段は避けれようも、もしも裏打ちありよう喋りは避けれんやん。避けれんやん——羨望《せんぼう》を。避けれんやん——反撃を。情《じょう》？ 目標？ 金銭よりええもんを、知りようもんに、反撃を。

避けれんやん——避けんやん。

ゆえに儂は不審者を死者にした。

やましくはあらへんや——ここに公序はあらへんように。

自由者ん死。

ただしこれは、『マークやレギュレーションんあらへん地は人間を乱暴にしよう』ちゅうゆう教訓ちゃうんや。写倫機んマークしえん地は、善行あらへん犯行ん地や、ちゅう主張しようゆう気はあらへん。

儂ん犯行は儂ん犯行。

人間全部ん犯行ちゃうんや。

ただ、情状酌量ん余地はありよう。

しゃあああらへん。

こん不毛ん地——街ん隙間。

ほんまはありえん、写倫機マークん抜けは、狭過ぎや。ワンマンスペース。もしも儂、ここに暮らすを欲せば、先住者ん除去は、条件や。譲れゆうたら譲りよう場やあらへんし——ゆえにしゃあああらへん。自由を得よう手段はこれだけ——こうゆう写倫機んバグ、抜けは、たぶん、ここだけや。もしもちゃう抜けにあたれば？　あたれば、これもしゃあああらへん。抜けを探求しよう言行は、公序数を減らしようや——じゃあ、たまたま抜けに足を運んだ、幸運に殉じよう。

幸運。奇跡。

儂らん現状ん、バグに殉じよう——や。

ゆうたら自由者も――死者も、不用心や。たぶんあん死者もまた、先住者を死者にし、こん隙間に住んだんやし――まあ、あん死者、横町ん始まりちゅう線もありよう。ただここは、こうゆう風に、死者より死者に、『譲られ』よう地やゆう風に思考しよう。したら、死者を秘すを目《もく》し、掘りし不毛ん地より延々現れた、九《きゅう》ん死者は条理に合う。

九ん死者、ちゃう、十ん死者ん上に伏せよんは、気持ちええわけちゃう。ただ、陽《ひ》ん下に伏せよんは、気持ちええ――死を打ち消すように、気持ちええ。

死者――前自由者んたわけた喋り。

自由ん地。

ここは自由ん地。

せや――自由や。自由ゆえ、儂もじきに、自由者より死者や。新しき住人に、ここを譲りようや。前住者を教訓に、用心はしよう。ただ、こん狭き横町や、あけへん――至悪んポジションや。新しき住人はたやすう儂を死者にしようやん。

ただ――ええ。

ええんや、これや――儂はここより引き揚げんわ。少しん間《ま》も、空《あ》けへん――ここに暮らし、ここに住もう。

ここは儂ん場所。

ここは儂ん現状や。儂だけん、現状。

安心に縛られた現状は、もう忘れたんや。

ここは公共も、高尚も、向上も、光陽もあらへん——公序もあらへん不毛ん地。

ただしここは自由や。

ここは自由。

ここは自由。

自由を贄に安心は得られよう——やら、安心を贄に自由も得られようや。ここは安心ん地ちゃう、不安ん地やし、儂はまず死ぬ——ただし儂は、死ぬ前に自由を得た。

死後ちゃう、死前に、自由を得た。

人間らしゅう死ぬ幸福を、儂は得たんや。

D 倫理点

禁断ワード　あうきこしはへもらを

厳禁ワード　さそとねめる

■■

我達《われたち》、フリーロス、代わりにピース。って言って、汝《なれ》達の『現代』に住む汝達に、我達の『現代』に住む我が言った本意なんてまずわかりえまい。汝達より見て、フリーがピースで、ピースがフリーゆえに——ただ、フリーがピースでピースがフリー、つまりフリーの価値、ピースの価値だ。ゆえに『汝達いわく』、ピースがフリーの代替《だいたい》になり——ゆえに我達、フリーロス、代わりにピース。

フリーのロスが、我達の『現代』のピースの成り立ち。我達の選択。ただ、選択が終わったのがかなり前で、決断が終わったのがかなり前で、我達より見て、伝々《でんでん》の成り立ちだったが。

我のみの意見だが——汝達の選択、つまりフリー・ピースのふたつが得たいって考えがいけないなんて、考えない。ただ我、考えない振り。汝達の考えに、与《くみ》せぬ振りだ。

『振り』。

『振り』が世務《せいむ》。

我、我の考え、口にすまい。フリー欲《ほっ》すまい。

代替に我、ピース。

で、本ピース、永遠のピース、いかに我達（正す言い方の我の先達達、汝達の末々《すえずえ》達）、成り立たせたか？　感知ビデオだ。感知ビデオなんて言い方、汝達に与す言い方で、我達、本ビデオ、管理ビデオって呼ぶ。

人間、管理す、ビデオ。管理ビデオ。

管理ビデオ、世界の『全部』に設置済み。町中《まちなか》だけでない。密林の中、塩海《えんかい》の中、電離圏の中——設置済み。家の中、オフクォース。端末の中——設置済み、管理下。

管理下——かつ、見据え済み。

我達の『振り』、『振り舞い』、見据え済み。

我達より見えないミニビデオ、我達の『振り舞い』、見据え済み——やや皮肉だが、なんにせよ、日がな一日、管理ビデオ、我達の『振り』、見て、ログす。

なんて話題、汝達に肩透《かたす》かせ？　セーフティ、見据えたビデオなんて、『今』だって設置済み？　ふむ。我、理解。ま、汝達の『今』に、世界の全部でないにせよ、ビデオがかなり設置済みだろ。加えて、各々《おのおの》の端末、ビデオ付帯端末だ。いつレンズが汝達、『見据え』ていて、意外ない世界——ただ、すまない。ビデオよりのプレス、我達、汝達の比較にない。

我達、汝達の比較、ビデオ画素《がす》やビッグミニの比較以前——いつ『見据え』ていて意外ない汝達のビデオ、いつ完全に『見据え』ていて素然《すぜん》の我達のビデオの比較——の、まだ以前。

大体汝達の『今』の感知ビデオ、知覚ビデオ、人間の罪のみ抑《よく》すビデオで、ピースまで欲《よく》すビデオでない。『マイナス』削りで、『足す』増やすビデオでない、一歩足りないビデオだ。

我達のビデオ、足りなくない——過ぐ、多いビデオだ。

各々の生活の投げ捨てより誕ず、完全見据えの前提に、『倫理点』がまた、完全だった。完全。間違いなく。間違いなく、倫理点が完全だった。マイナスより『足す』、作り得た、完全な数《かず》だった。

つまり、我達の管理ビデオ、人間の罪、罪深い『振り』、『振り舞い』の見据えのみが役割にない。管理ビデオの管理、罪の対、善に及ぶ。人間の善、人間の善性の『振り』、『振り舞い』の見据え、また役割だ。

わかりやすく説《せつ》すが、『いい人間がいい生活』のフレーズの成り立ちに、管理ビデオ、大いに嚙む——倫理に適《かな》った振りで倫理点高まり、倫理にマイナスな振りで倫理点低下。各々の管理ログにおいて、高まり、低下——足すマイナス。で、倫理点の意味。
倫理点の意味、つまり、全部。

汝達の価値観において、円。

倫理点、倫理円って言えた。

出買いに、出掛けに、イーティングに、精学《せいがく》に、結姻《けついん》に、育成に——倫理点要《い》り、必須。倫理点足りず＝生活不可。生活欲す人間、倫理点稼ぐ。皆、倫理点稼ぐ——一連、我達の世界作り。

ただ、円に似ず、倫理点、使って、減《げん》ない。倫理点で『欲す何か』買ったが、倫理点、買いのみで減ない。倫理点の増え、減退、我達の『振り』のみに依《よ》って、他で変わりない。つまり倫理点、身分・地位に近い。生活の地歩《ちほ》。ゆえに一定の倫理の人間、生活にかげりない。ただ、倫理点に——倫理に対すゆえ、寡占《かせん》、無駄買い、倫理点より大マイナス。が、つまり善人が、善人の振りの人間が、生活に悩む、ない。

……『怠《なま》け』の人間、延々、生活に悩むが。

間狭《ませ》生活？

言い得てナイス。

世界にフリーない——ただピース。

我ピース。

企《くわだ》てん、皆が皆、円稼ぐ体《てい》で、善稼ぐ世界。むろん、世界、大いに簡単でないゆえ、全部が全部、円稼ぐ体になりにくいが、いい『振り』で生活す世界、よりいい『振り』でよりいい生活す世界。

皆、いい振りで、いい振り舞いで、大ピース。

皆、善人化。

悩む人間、助く。

皆、仲良く。

陰口、なく。

家、大切に。

仲間、また大切に。

互いに認知、互いに高まり。

円ない世界、皆、怠け？　ない。なぜって、身過ぐ世過ぐの精励、我達の今、汝達の今に同《おな》ず。また、世界に役立つ立ち振り、高い倫理点。対に、怠け、休みの生活の、低倫理点、素然。

むろん、倫理点の見据え、厳格。

徹夜、過睡眠、マイナスの倫理点。マイナス消すに、すみやかな睡眠、すみやかに起く。ただ、すみやかな睡眠、すみやかに起くにて、円得た生活、いい生活。汝達考えない？

学びまた同ず。

いい成果、むろん高い倫理点。ただ、低い成果だって、いい学びだった人間、また高い倫理点。

管理ビデオ、隠れた振り舞い、見えない振り舞い、見据え――点化。いいが高く、よくないが低い。

因果の固まりの世界。

フリーの欠片《ピース》、ない……ただ、我達、平和《ピース》。

我達、管理ビデオ前に、休みなく『振り舞い』……休みなくピース。

付け加え。

人間のフィーリング、フリー。我達の今、考えのフリー、健全。いかなビデオだって、人間の中身、見据えれない。ただ、仮に見据えたビデオ、作れた『未来《いま》』、間違いなく、かのビデオ、我達の世界に組まれん。

なのにかのビデオ、クリエイティング？　学達、研達、クリエイティング？　クリエイティング。否定、汝達の今の感覚。我達の今の感覚、前提に倫理点。

人間の『振り』のみでなく、人間の『中身』まで『いい』に変えん、ビデオのクリエイティング、高い倫理点、間違いないゆえ――クリエイティング。

■■

汝達の今より見据えた我達の今、嫌な世界。管理制、管理世界。ただ、我達、我達の今、否定せず。管理、否定せず。少なく見て、我達の今、汝達の今より、かなりピース。

奸物《かんぶつ》、いない。仮にいて、すぐいなくなり。刑務設備、我達、建てない。倫理点、ゼロ、マイナスの奸物、ノーイーティング。ただ、ノーイーティングな奸物に憐憫《れんびん》、高い倫理点ゆえ、奸物、餓臥《がが》まで、まずないが。が、他人の善意に付け入り、低い倫理点ゆえ、奸物、永遠の他人の善意にすがりが、ない。つまり、いい振り舞いだけが、いい生活に繋がり。人間、善の振り、のみ。倫理点、円に違い、盗まれない。

換言、奸物、より善人になりたい倫理点制。かなり理に適い。円本位制の中、誰かの利が即ち誰かの不利。が、倫理点制の中、誰かの利、全然、誰かの不利でない。誰かが善人になり、連結、誰かが奸物になり――って流れ、ない。皆がいい人間になり、皆が利ってわけ――ただ、いがみなくすゆえに、各々の倫理点、内密だ。我達の世界で、皆、己《おのれ》の点、他人の点、関係なく不知。

己の倫理点の不知、大買い入れのタイミング、スリリング。買い得ずのケース、身の丈《たけ》不知の罪で、倫理点低下。ただ、己の点に乗りかかれずに済むので、不知でよい。各々、欲す何かに向かい、己にクエスチョン。己、欲す価値の人間か。己、今、欲せていいのか。って流れで、我達、己、己の『振り』、磨く。

己磨く成果確認、他界ののち。他界ののちに、内密だった各々の倫理点、全開に。つまり我達の世、没す人間の倫理点――生前の振り舞い、世に掲《かか》げ、掲《けい》す。高い倫理点の人間、皆の称え。対すに、低い倫理点の人間、皆の憐憫――皆より訓戒。

管理ビデオの見据えた我達の『振り』、いい振り、またよくない振りに出す点、結論出すのが、またロボ。人間に人間の点、つけれず――ロボに任す、我達の今の流れ。日々遷移《せんい》す人間の倫理、考え、価値観、混ぜた結論出すロボ、チェックロボ、結論に間違い、ミス、ないゆえ、大切。

むろんロボがロボだけで成立、ない。善人減、間断ない『見据え』の管理ビデオに、チェックロボの電源つけたまま、かかり過ぐ、経費。ただ円本位制にない我達の世界、また税ない。ゆえに管理ビデオ、チェックロボ、善人間よりの恵与《けいよ》頼り。恵与、高い倫理点なので、必然、多くたまりまくり。

住みにくい。

被管理側の我達、己より進んで、被管理側。

ビデオに、ロボに、『管理せよ』、言い寄り。

ゆえに我達、汝達否定の我達の今、否定せず——否《いな》み得ず。

今が我達の好く世界。

痛みなく、害なく、区分なく。

皆が皆に、ぬくぬくな世界。

秀でた人間が己の秀で、世界に使い、秀でない人間、また、秀でないなりに、世界に尽くす。

フリーない世界、代わりにピース。

我達の好く我達の今、管理世界にて、倫理世界にて——完全世界なり。

■■

で、つまり、世界に、倫理制に、まず不満なく今まで生活の我——汝達の、円本位制に不満ないに同ず——ただ、既に言ったが、フリー・ピースのふたつ追い、我、否まない。ふたつ追い、ふたつつかみ、かなりよい。

ビデオの見据えが我達の畏怖《いふ》。

畏怖より善、生誕。

善より聖《せい》まで生誕の線なくない、我達の誉《ほま》れ高い倫理世界——完全世界だって、考えなくない。他人よりの見据えない、ビデオよりの見据えない、己だけのタイム——考えなくない。己だけのタイムの価値、高い価値。なんていい。

ただ己だけのタイムの『考え』、スカイホッピングに似た無稽《むけい》。百に一ないゆえの考え、かの日——倫理点欲す我が生計、立てに行く中、建て屋建て屋の枝道に、迷った日まで。

『迷った』が非倫理なので、『入《い》った』に訂正——ただ、隙《ひま》の枝道に、訂正の必然、なかったが。

建て屋建て屋の枝道に、男性が一体、大の形で伏せていた——酔って、伏せただけみたいなポーズだった。『酔って伏せた』振り舞いだった。

びっくりだ。

むろん彼の振り、倫理点のマイナス、多大。泥酔。惰眠——町中での伏せ。ほぼ切腹みたいなマイナス。他人の見方——管理ビデオの見方、意に介せず。

びっくりかたがた、我、チャンスって考えた。かくの怠惰人間、非倫理人間、正解の道に連れて行く——かなり高い倫理点だ。

点稼ぐに、大チャンス。

汝達の今より見て、点稼ぐ善に進む我に嫌悪？　ただ、点稼ぐに向く嫌悪、汝達の今の感覚。我達の今、善の振りに、よい、よくない、ない。偽りの善、善に同ず。が、おずおず彼に近づく我に、彼、考えれない返り。

「黙れ。ほってけ」

びっくりで済まない返り。他人よりの善意に礼なく、不満の『振り』。倫理点マイナスの末、零《ぜろ》に至り得《え》く愚。倫理点零。ほぼ世界よりの別れ。彼、真々《まま》の切腹人間？　我怯《おび》え——ただ、切腹防ぐ倫理点考え、我、彼、見捨てず。また、彼、見捨てての倫理点マイナス化、避《よ》けたい。

我、命の価値、彼に言った。

倫理の価値、言った。

が、彼、言い返す。

「いい。かくの道で、善や倫理、いい。かくの枝道、フリー。なんだって、全部フリー」

まず、意味わかれず。

泥酔の人間の世迷い？　でなくて、フリーなんて、言った？　我、いくつの意味で、彼、覚醒《かくせい》に導く？

我、慄然《りつぜん》。

ただ、我、真々慄然なの、かくののち。

建て屋の枝道。

建築の必然で生誕の枝道、一枚の畳分の枝道。我の毎日行く道の中に、ただ変わりなく見えた枝道。かくの枝道、かくの道に、我達の世界に無限に設置の管理ビデオ、一台だって、ない。

彼、言った。

我達、見据えたビデオ。

一台だってない。

整備、わずかだってない道、未着の土。人間一体伏せて、満タンの地だが、つまりかくの地に、正確にフリー。

「かくの道、怠惰だって誰だって、倫理点、マイナスない。むろん、汝みたく、善の振りだって聖の振りだって、倫理点、増えないが」

彼、言った。

我の考え、見透かす。

「ゆえに我、かくの道で生活。ピースない地だが、代わりにフリー」

怠け人間振り、隠す振りない彼——が、言い振り、勝ち組の言い振り。

だが、なにゆえ。

管理ビデオの抜け、ないのに。

「わかれん。ロボにだって抜け、なくないだろ。抜け、ぽか、なくない。見つけた我、ついてた」

なくない？　管理の抜け。倫理のぽか。だが、彼の生活、彼の生より見て、抜けやぽか、確《かく》になくない。彼の非倫理性、既に、不戻《ふれい》の段階。我達の今にて、枝道の生活なすに、フリー、不可欠。

「大体、チンミョーだろ。皆、いい振り、善の振り。振りの中で、己の身のみ、考え。誰か助けん振りで、己の点、増やすだけ考え。いい振りで、点、欲す人間のみ、善の振り舞いで、点、欲す人間だけの世界。だが、チンミョー。いい振り、いい人間にない。いい振りに、いい考え全然ないのに、何がいい。何がピース。ピース、欠けの図。人間の人間ゆえん、フリーだ」

普段、見向かない彼の理論。ただ、確にフリー、フリーの確保、覚えて言った理論、見向かない、ない。

汝達だって、『円本位制否定』『円より高い価値、なくない』なんて理論、たぶん、たいてい見向かない。ゆえに、かの理論、本意で言った人間がいて、羨見《せんけん》のないわけない——害意のないわけない。

快夢《かいむ》か、ロマンか。何にせよ、円より価値の何か、言えた人間に、害意、抱《いだ》くに違いない。

汝達がいかにせよ、我、抱く。

ゆえに害す。

彼、我により没す。

倫理なく、我、彼に非倫理の振り——非倫理の本意、なす。

■■

むろん、かくの逸話《いつわ》、管理ない地で、人間、たやすく倫理ロスってテーマの逸話にない。管理ビデオない地で、人間誰だって罪に手、出す——なんて我、言わない。我の罪、我だけの罪。人間の罪にない。

ただ、やむなく。

我にいいわけの余地、なくない。

かくの枝道——たまたまの管理ビデオの抜け、わずか、畳一枚分。人間一体、伏せて、満タン。我、かくの地欲す。ゆえに我、先達人間、追い出す他ない。頼んで出て行くわけないゆえ、追い出すのみ。他にかくの地に我、住む手立て、ない。

かくの世界の抜け、他にないに違いない——仮になくないケースだって、かくの抜けの探険、非倫理、マイナスだ。ゆえに我、たまたまの抜け、たまたま見つけたツイてた己、大切に活《い》かすのみ。

大体彼、抜けてた。世界の抜けの中で、抜けてた。だって彼、枝道での生活において、先達人間追い出す、我に違いない。

彼が第一に見つけた線、なくないが、かくの流れで、かくの地、かくの抜けが、代々継がれたって考えが、より合致だ。彼の遺体、埋没《まいぼつ》の流れで、かくの地の土、掘り、多く出た遺体達に、より合致だ。

多くの遺体、埋没の地での生活、なかなかのスリリング。ただ、日の中、怠惰に伏せた快感に、スリリング、勝てない。

彼の理論、不意に、顧《かえり》みた。

ピースない地だが、代わりにフリー。

間違いない——むろん我、いずれ、かくの地、たまたま見つけた誰かにより、没。埋没。彼に違《たが》い、警戒の構えだが、枝道の奥の不利。我害すかくの地継ぐ人間、我、たやすく害す。

ただ、構わない。我、かくの地に、住み続けたい。略奪す人間のリスク考え、寸暇だって、出たくない。外界出《がいかいで》、ない。

外界出《がいかいで》。

今や我に世界、屋外——奥外だった。

害なく、痛みなく、ピースな世界に、我、帰りたくない。繫がりなく、縁なく、組なく、栄華なく、広がりなく、未知なく、むろん、倫理なんてなく——ただ、代わりにフリー。

代わりにフリー。

フリー、かくの地にのみ。

フリーがピースに違いない価値ゆえ、フリーロス、代わりにピースの我達の倫理世界、我達の完全世界、我達の今。だが、かくの入れ替えが是《ぜ》ゆえ、対《つい》の入れ替え、また是。

フリーより乖離《かいり》のリスクの地にて、我、いずれ没す——が、没すまで、永遠にフリー。

永遠のフリーゆえ、我の世界、ピース。

地球は無駄空きが無だ

あちき達は故郷の地球から脱兎。もうひとつと帰らなき、永久《とわ》の旅だ。過去、あちき達の上の上の上の上のときの初の宇宙渡航は、こうも悲々《ひひ》の予行はちっともなきものと決めよう。どのあちきも気ままな、ここらの町の公道歩む気持ちの、宇宙渡航ツアーが夢だったと読もう。だが打ち変わった、あらら、このような航行がｇｏｇｏ《ゴウゴウ》？わからなきこと。返らなきこと、換わらなきこと。宇宙渡航可、ＢＵＴ《バット》、時越《ときこ》え渡航非可《ひか》。ああだこうだゆえあったものの、要は、あちき達の産む子供達が許容空き、越えたゆえ。惑う地球はもう、無駄空き無きゆえ、あちき達がはびこらぬ土地だ。だが、このことはまああ泣き笑った悲喜だ。空きなきゆえ、飽きなき旅が成ったとは。この上、ツチノコなどの過去の夢と違った、消えなかったがゆえの、はびこったがゆえの、無駄空きの消えとは。もう余地なき諦めの境地だが、ひとつ、肚《はら》の内の引つかかった気持ちは、地球の、残った友のことだ。ヒトと名乗った良き友の、歩む後々《のちのち》が気がからなき日はなき。ＮＯ《ノウ》。知の光った友達は、効果高き断ちかた持ち、同胞《から》断つゆえ、きっと整うこと濃厚だ。だからあちき達の後々も、また宇宙も、整うこと乞う。新たな土地の、美々な宇宙ＢＯＷ《バウ》ＢＯＷ《バウ》と会えたら、この上なきことだ。

✕ 禁断ワード　いおくけさしすせそてにね ふへほみやりるれろをん

異星に進んで住んでほしいんです

俺属性揃い、本星を出るんです。再々輪廻せずを約束される、千年行《い》く進路です。前史にて、先祖属性、不意に酸素を不足する闇へ進みし際、現在行く涕涙《ているい》する死出を全然計算せずに進みし恐れぞ、定見です。全員るんるんに、四隣に散歩に行くに如《し》く、異星を知るシーイングを策定する前史です。おやおや、見て本船を、卑しい不審船を。推理する意味、ゼロです。『覆水盆に～』、『～汲み入れる水を見ず』。異星に行く船、前史に行けずです。異口異音《いくいおん》に理論揃い、それを整理するに、俺属性を増やして促成する仕組みに原因を見るんです。グリーン色をする本星に、俺属性揃い、食い寝る閨《ねや》を置ける部分、多く不足する経緯です。やや、そりゃ、憎々しい論理ですね？『隅に行く俺属性、新星に住みに行く』論理です。そして、先史に生ける『恐れ族』に反《そ》り、減るに如《し》く増やしで、閨を不足させる論理です。既に全部を諦念する俺属性、本心にオンリー悔やみです……、本星に捨て置く親類属性へお悔やみです。人類を自負するいい親類に、いいいずれ、来るんですや？　いや、親類属性、自分を死刑にする戦《いくさ》を知る天才揃いＤＥＡＴＨ《デス》死《し》、ほぼほぼオールオーケイですね。ですし、俺属性、いずれを、そして酸素を不足する闇を信じるんです。新天星《しんてんせい》で推せる異星狗《いせいく》に、いろいろ喋る姿勢で推進です。

地球にスペースはない

我々は故郷である地球を後にした。もう二度と戻ることのない、永遠の旅路だ。かつて我々のご先祖さまが初めて宇宙に飛び出したときには、こんな悲しい未来はまったく予想されていなかったに違いない。誰もが気軽に、ちょっとした近所へのお散歩気分で、宇宙に旅立てるレジャーを夢想していたはずだ。それなのに、どうしてこんな航海になってしまったのだ。考えても仕方がない。取り返しはつかないし、取り換えも利かない。宇宙旅行はできても、時間旅行はできないのだから。様々な要因はあるだろうが、結局のところ、我々が増え過ぎたことが原因である。地球という惑星に、我々が生活できるスペースがなくなってしまった。しかし、これは結構な皮肉でもある。空間《スペース》を失ったからこそ、宇宙《スペース》に進出することになろうとは。それに、恐竜などの古代生物とは真逆に、絶滅せずに繁栄したからこそ、居場所を失うなんて。もうすべてを諦めたつもりだが、唯一の心残りは地球に残して来た友のことだ。人類と呼ばれる最良の友の行く末が心配である。いや、賢明なる彼らは、効率的にお互いを殺処分するすべを心得ているから、きっと大丈夫だと信じる。だから我々も未来に、そして宇宙に希望を持とう。新天地で素敵な異星犬と出会えますように。

本書は二〇一四年一月、小社より講談社ノベルスとして刊行されました。

|著者|西尾維新　1981年生まれ。2002年に『クビキリサイクル』で第23回メフィスト賞を受賞し、デビュー。同作に始まる「戯言シリーズ」、初のアニメ化作品となった『化物語』に始まる〈物語〉シリーズ、「美少年シリーズ」など、著書多数。

りぽぐら！

西尾維新《にしおいしん》

2022年6月15日第1刷発行
2024年9月10日第4刷発行

発行者――森田浩章
発行所――株式会社　講談社
東京都文京区音羽2-12-21　〒112-8001
電話　出版（03）5395-3510
　　　販売（03）5395-5817
　　　業務（03）5395-3615

Printed in Japan

講談社文庫

定価はカバーに
表示してあります

KODANSHA

デザイン―菊地信義
本文データ制作―講談社デジタル製作
印刷―――株式会社KPSプロダクツ
製本―――株式会社KPSプロダクツ

ISBN978-4-06-528242-7

講談社文庫刊行の辞

二十一世紀の到来を目睫に望みながら、われわれはいま、人類史上かつて例を見ない巨大な転換期をむかえようとしている。

世界も、日本も、激動の予兆に対する期待とおののきを内に蔵して、未知の時代に歩み入ろうとしている。このときにあたり、創業の人野間清治の「ナショナル・エデュケイター」への志を現代に甦らせようと意図して、われわれはここに古今の文芸作品はいうまでもなく、ひろく人文・社会・自然の諸科学から東西の名著を網羅する、新しい綜合文庫の発刊を決意した。

激動の転換期はまた断絶の時代である。われわれは戦後二十五年間の出版文化のありかたへの深い反省をこめて、この断絶の時代にあえて人間的な持続を求めようとする。いたずらに浮薄な商業主義のあだ花を追い求めることなく、長期にわたって良書に生命をあたえようとつとめるところにしか、今後の出版文化の真の繁栄はあり得ないと信じるからである。

同時にわれわれはこの綜合文庫の刊行を通じて、人文・社会・自然の諸科学が、結局人間の学にほかならないことを立証しようと願っている。かつて知識とは、「汝自身を知る」ことにつきていた。現代社会の瑣末な情報の氾濫のなかから、力強い知識の源泉を掘り起し、技術文明のただなかに、生きた人間の姿を復活させること。それこそわれわれの切なる希求である。

われわれは権威に盲従せず、俗流に媚びることなく、渾然一体となって日本の「草の根」をかたちづくる若く新しい世代の人々に、心をこめてこの新しい綜合文庫をおくり届けたい。それは知識の泉であるとともに感受性のふるさとであり、もっとも有機的に組織され、社会に開かれた万人のための大学をめざしている。大方の支援と協力を衷心より切望してやまない。

一九七一年七月

野間省一

講談社文庫　目録

二階堂黎人　巨大幽霊マンモス事件
新美敬子　猫のハローワーク
新美敬子　猫のハローワーク２
新美敬子　世界のまどねこ
西澤保彦　新装版 七回死んだ男
西澤保彦　人格転移の殺人
西澤保彦　夢魔の牢獄
西村　健　ビンゴ
西村　健　地の底のヤマ（上）（下）
西村　健　光陰の刃《やいば》（上）（下）
西村　健　目撃
楡　周平　修羅の宴（上）（下）
楡　周平　バルス
楡　周平　サリエルの命題
西尾維新　クビキリサイクル〈青色サヴァンと戯言遣い〉
西尾維新　クビシメロマンチスト〈人間失格・零崎人識〉
西尾維新　クビツリハイスクール〈戯言遣いの弟子〉
西尾維新　サイコロジカル（上）〈兎吊木垓輔の戯言殺し〉／（下）〈曳かれ者の小唄〉
西尾維新　ヒトクイマジカル〈殺戮奇術の匂宮兄妹〉

西尾維新　ネコソギラジカル（上）〈十三階段〉
西尾維新　ネコソギラジカル（中）〈赤き征裁vs.橙なる種〉
西尾維新　ネコソギラジカル（下）〈青色サヴァンと戯言遣い〉
西尾維新　ダブルダウン勘繰《かんぐ》郎《ろう》　トリプルプレイ助悪郎《スケアクロウ》
西尾維新　零崎双識の人間試験
西尾維新　零崎《ぜろざき》軋識《きししき》の人間ノック
西尾維新　零崎曲識の人間人間
西尾維新　零崎人識の人間関係　匂宮出夢との関係
西尾維新　零崎人識の人間関係　無桐伊織との関係
西尾維新　零崎人識の人間関係　零崎双識との関係
西尾維新　零崎人識の人間関係　戯言遣いとの関係
西尾維新　xxxHOLiC アナザーホリック ランドルト環《かん》エアロゾル
西尾維新　難民探偵
西尾維新　少女不十分
西尾維新　本題〈西尾維新対談集〉
西尾維新　掟上《おきてがみ》今日子《きょうこ》の備忘録
西尾維新　掟上今日子の推薦文
西尾維新　掟上今日子の挑戦状
西尾維新　掟上今日子の遺言書

西尾維新　掟上今日子の退職願
西尾維新　掟上今日子の婚姻届
西尾維新　掟上今日子の家計簿
西尾維新　掟上今日子の旅行記
西尾維新　掟上今日子の裏表紙
西尾維新　新本格魔法少女りすか
西尾維新　新本格魔法少女りすか２
西尾維新　新本格魔法少女りすか３
西尾維新　新本格魔法少女りすか４
西尾維新　人類最強の初恋
西尾維新　人類最強の純愛
西尾維新　人類最強のときめき
西尾維新　人類最強のsweetheart
西尾維新　りぽぐら！
西尾維新　悲鳴伝
西尾維新　悲痛伝
西尾維新　悲惨伝
西尾維新　悲報伝
西尾維新　悲業伝

2024年6月14日現在